傣族英雄史诗
ဥသာပရ္ဘ

乌莎巴罗

第二卷

主编◎西双版纳傣族自治州少数民族研究所
主持翻译◎岩　香
整理◎罗俊新
主审◎刀世勋　祜巴龙庄勐
本卷绘画◎刘首云

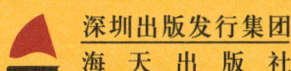

目录

第二卷

第十四章	岁月无情终归老	出家修行求清静	0291
第十五章	王后意外遭劫难	英雄救美驱妖魔	0311
第十六章	不远千里送孕妇	盛情款待英雄汉	0331
第十七章	帕农倾情话无常	巴罗出家当腊西	0345
第十八章	逃荒栖身深山里	美女猴子结夫妻	0361
第十九章	妖怪养个好儿子	英雄美女结成双	0383
第二十章	夜叉混战为美女	天王动怒惩元凶	0403
第二十一章	牛王肆虐逞凶狂	格西姑娘斗凶顽	0417
第二十二章	帕板巧遇贺腊满	除妖安民拓国邦	0443
第二十三章	制服海盗除民害	猴儿侦探韦扎团	0459
第二十四章	韦扎团倾巢而出	勐迦湿倾力备战	0481
第二十五章	韦扎团进攻王城	勐迦湿火烧敌军	0493
第二十六章	夫妻婚姻天注定	前世今生皆有缘	0513
第二十七章	天庭举行大盛典	歌舞升平乐开怀	0529
第二十八章	众神聚会忉利天	异彩纷呈展奇观	0545
第二十九章	贪婪淫欲埋祸根	天后蒙羞搞报复	0561

捧麻典出家修行慈无量心——第十四章

帕板捧麻典驱妖魔救王后 —— 第十五章

帕农下决心出家当帕腊西——第十七章

妖怪夫妻养了个好儿子 —— 第十九章

术尼塔贡满战妖魔——第二十章

婻格西姑娘勇斗牛魔——第二十一章

美女们服侍帕板棒麻典——第二十二章

帕板捧麻典调兵遣将——第二十四章

魔王下跪哀求帕腊西——第二十五章

帕板捧麻典的前世姻缘——第二十六章

众神仙聚会忉利天 —— 第二十八章

帕板捧麻典骗奸天后婻苏扎娜——第二十九章

第十四章

岁月无情终归老
出家修行求清静

ᥙᥰ ᥊ᥪ ᥑᥔ ᥙᥳᥘᥫᥲᥒᥧᥱᥚᥣᥰᥓᥬᥲᥚᥥᥲ
ᥘᥪᥲᥐᥙᥧᥱᥓᥬᥲᥙᥱᥚᥥᥱᥔᥛᥳ

本章故事即将开讲，
先回顾前面的篇章，
前面讲帕板捧麻典，
为儿女婚事奔忙。

他先为儿媳婻西丽婉娜加冕，
让她做阿奴巴纳捧麻典王妃，
接着为女儿婻安杂提拉加冕，
让她去做术马纳的王妃。

勐迦湿王族血统不断延伸，
传到了许多勐的傣乡，
王族之间通婚已成习惯，
王族血脉如同一张蜘蛛网。

他们是勐萨嘎拉和勐达嘎，
以及勐阿连亚和勐帝朗嘎，
还有勐巴萨和勐乌巴宛帝，
勐迦湿是捧麻典治理各勐的心脏。

加上归顺勐迦湿的国家，
勐迦湿有一百零一个勐，
全部统称为一个名字，
叫勐迦湿伽腊蹋摩诃那嘎拉扎塔尼①。

---

①勐迦湿伽腊蹋摩诃那嘎拉扎塔尼：傣语，意为勐迦湿大公国。

勐迦湿国王是捧麻典，
他手握权柄高高在上，
统领着这片广阔大地，
是至尊的金殿白象王①。

他是这些勐的最高统领，
威名扬天下无人敢对抗，
所有国家服从他的法令，
调兵遣将全听他的使唤。

属国每年必须向他上贡，
他的财富装满万箱，
贡赋只会增加不曾减少，
各国遵循规矩习以为常。

各国君王还得经常听旨，
有召必来听从国王使唤，
一百零一勐的君王们，
都得经常守护在他身旁。

那时的捧麻典国王，
他的地位至高无上，
他既是勐迦湿君主，
还管辖下属国王权。

当他年龄高达三千岁时，
寿命的终点已经不远，
这位至高无上的大君主，
有一天他这样想：

"我这个王族里的儿孙们，
他们已经享受到许多财富，
也享受到帝王的许多荣耀，
应该心满意足没有遗憾。

---

① 金殿白象王：傣族古代把掌握最高权力的君主或国王，称为乘坐白象的至高尊者，也称为金殿白象王。

"如今我年事已高,
身体已经明显衰老,
我总有一天会去世,
应积攒功德留给后代。

"我应该放弃所有财富和权力,
出家修行做帕腊西行僧人之道,
到深山里修炼持守五戒和八戒,
不断修行慈无量心①。"

捧麻典拿定了主意之后,
认为应把想法告知亲人,
告知朝廷的所有大臣们,
免得到时大家感到突然。

他这样想定之后,
就叫大臣去叫人,
去叫帕板捧麻典,
还有王族亲戚们。

还有六万位帕雅,
以及所有的朝廷臣官,
还要召集军队的将士,
要这些人员尽快进宫。

大臣领旨后立即行动,
动作迅速不敢怠慢,
所有人都集中到王宫,
士兵只能站在广场上。

他们静听国王训话,
谁也不敢胡思乱想,
翘首以待望着国王,
捧麻典此时才开腔:

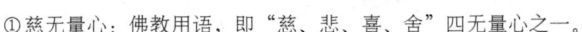

①慈无量心:佛教用语,即"慈、悲、喜、舍"四无量心之一。

"各位王族宗亲啊,
我的年龄已有三千岁了,
疾患和病痛缠身,
我已经接近死亡的边缘。

"本王经过深思熟虑,
应该全身心积攒功德,
决定出家到森林里做腊西,
静心修行实现理想。

"每天寻找野果薯类充饥,
不要别人侍奉自食其力,
在森林里持守五戒八戒,
在森林里修行慈无量心。

"我走之后你们要和睦相处,
有事相互商量不允许起内讧,
勐迦湿要永远昌盛永远不败,
永远是一百零一勐敬畏的国家。

"不要让任何灾祸发生,
不要让任何列强侵犯,
我决定让帕板捧麻典继承王位,
让他成为勐迦湿新国王。"

以帕板捧麻典为首的王子,
还有大臣官员们齐齐跪拜,
对国王的决定都不敢违抗,
只好对国王捧麻典说:

"英明的父王陛下,
最负声誉的君主帝王,
父王的谕旨铿锵有力,
儿臣和官员一定遵从。

"父王让儿臣继任王位,
管理勐迦湿辽阔的疆土,
管理属下一百零一个国家,
新归顺小国和六万位帕雅。

"如果父王您要出家,
做腊西的主意不能改,
那您就放心地去修行,
祝您心想事成吉祥平安。

"儿臣保证管理好国家,
不让父王有丝毫牵挂,
请父王安心去修行吧,
愿父王早日实现宏愿!"

国王听了儿子的话,
感到莫大安慰,
没有了后顾之忧,
可以实现自己的理想。

捧麻典送走了王儿,
送走了六万位帕雅,
送走王室卫士臣官,
又来到王后的寝宫。

他准备向她话别,
结束夫妻生涯,
他向王后问好,
祝福她吉祥平安。

他克制对她的眷恋,
竭力忘掉夫妻情感,
准备应对妻子挽留,
用坚定口气对王后说:

"我的好王后啊,
我已经年迈衰老,
年纪已满三千岁,
接近死亡的边缘。

"王族的亲戚和儿孙,
已经有很多财富,
哥发现世事无常,
为此决定出家度晚年。

"到森林修行做腊西,
自食其力行僧人之道,
持守五戒和八戒,
在那里修行慈无量心。

"我要行善积攒功德,
来世能够转生上天堂,
或重新转世回人间,
不会受到痛苦煎熬。

"王后你就留在王宫,
继续同儿子们一起生活,
他们都是你的亲骨肉,
对你会孝顺无须忧虑。

"帕板捧麻典承继王位,
不会让本王失望可以放心,
你可以无忧无虑地生活,
安安心心地住在王宫里!"

婻玛黑术拉眼含泪水,
把夫君的离别话语听完,
她已抑制不住内心悲伤,
说话声音颤抖:

"奴尊敬的大王啊,
奴听到大王来辞别,
所有的事情已明白,
您也没必要再多讲。

"让奴一个人留在王宫,
孤独地生活度晚年,
奴家无论如何不愿意,
因为这样做没有道理。

"如果夫君流落到哪里,
奴家也要跟随去服侍您,
如果夫君放弃了富贵地位,
奴也跟随夫君受苦受难。

"夫君成为平民百姓,
奴家也将跟随去挑水砍柴,
永远同夫君不离不弃,
永远服侍在夫君身旁。

"大王您请听奴说,
人世上夫君最重要,
如果大王真下决心,
奴也绝对服从接受。

"要抛弃奴一个人离去,
奴经受不住这种打击,
奴再也见不到大王,
将会感受到极大悲伤。

"您想天下有哪个女人,
会看到丈夫经受苦痛,
而自己却会感到幸福,
这样的道理绝对讲不通。

"只有那些放荡女人,
那些罪孽深重的贱人,
才会这样做这样想,
独自享受苟且偷安。

"这样的女人死后,
必将坠入地狱,
下辈子当牛做马,
绝不会有好下场!

"奴尊敬的大王啊,
请您理解奴的心情,
奴就是现在死去,
也比离开丈夫强。

"在大王受苦的时候,
奴也要跟在大王身旁,
在大王欢乐的时候,
奴也跟着大王分享。

"大王要出家当腊西,
这个奴没有什么意见,
做腊西行僧人之道很好,
这个应该提倡奴也赞成。

"持守五戒八戒,
修行慈无量心,
奴要跟随大王一起去,
奴也要出家去做腊西尼①。"

捧麻典听了王后的话,
觉得她说得很有道理,
就允许王后随同出家,
去过自食其力的生活。

两人相约出家,
毫无后悔之意,
大臣们无法挽留,
王子也只能作罢。

国王捧麻典还有想法,
他想走之前把财产分配,
他担心日后产生纠纷,
闹得到处沸沸扬扬。

于是叫来管金库的财务官,
盘点大仓库里的财产,
将八百万亿金银全都搬出来,
然后召集大家进宫。

他把所有财物分为三份,
一份给新国王帕板捧麻典,
一份给王族和六万位帕雅,
一份给百姓和将士臣官。

---

①腊西尼:女性野外修行者。

就连那些金银首饰,
也同样分配给他们,
他想做事就要彻底,
一定要公平合理。

不留后路,
义无反顾,
无所牵挂,
四大皆空。

财务官按照捧麻典旨意,
每人分得六十万的钱粮,
大家感激国王的心意,
大家佩服国王的毅力。

分配完所有的钱财之后,
财务官又忙碌下一项,
把分给帕板捧麻典的财产,
重新搬进他父王大仓库。

因为他已经继承王位,
成为父王大仓库的新主人,
他父王原来的仓库,
也就没有必要变样。

帕板捧麻典顺从父王意愿,
接替父王当了君主,
他把自己的钱财搬过来,
同父王分的钱财放一起。

勐迦湿的老国王捧麻典,
把一切该做的事做完,
同婻玛黑术拉一起,
离开富丽堂皇的王宫殿堂。

他向帕板和王族们告别,
向六万帕雅和大臣辞行,
向将士和百姓们说再见,
为出家修行处理最后的事项。

0304

第十四章

此时的帕板捧麻典心情沉重,
意识到父王离家已无可挽回,
所有的宫女和仆人非常伤心,
都为老国王和老王后送行。

伤心泪水顿时喷涌而出,
痛哭声哇哇响个不停,
哭声像夏天田里蛙鸣,
泪水如湄南荒河水奔流。

哭声此起彼伏没有停息,
泪水汹涌澎湃长流不断,
老国王的出家震撼全国,
举国上下臣民为之悲伤。

老国王和老王后见此状况,
好言相劝叫大家不必悲伤,
劝大家消除心中的痛苦,
劝大家合力建设好家乡。

然后把剩下的八十亿钱粮,
包括食物金银和衣物,
还有餐具锄头和镰刀,
送给那些穷苦的人家。

让他们每人都得到一份,
养家糊口不会受饥寒,
这是他最后一个心愿,
是一个出家人的慈悲心肠。

老国王和王后就要离开,
举国上下一片哀号,
连那些老寡妇和老鳏夫,
也伤心地号啕大哭。

他们为国王放弃王位而感动,
为国王放弃富贵而惊讶,
他们对老国王肃然起敬,
他们把老国王树为榜样。

老国王和老王后辞别众人，
　　带着砍刀铲子和衣衫，
　　还有锄头凿子和锥子，
离开勐迦湿城走进深山。

他们来到修行的喜林苑，
　　在这里出家当腊西，
　　他们每天早晚坚持不懈，
修行布施波罗蜜。

帕板捧麻典记挂父王母后，
派人到喜林苑为父母建造僧房，
工匠建一所静修室和一所居室，
室外还有恬静的散步长廊。

还为父母挖了一眼水井，
　　供父母饮水使用，
　　还在僧房旁建了三座凉亭，
供父母念经劳累之后休息。

凉亭里还放了个大水缸，
　　还有钵盂水壶糯米和盐，
　　还备好槟榔和药物，
所有生活用品一应俱全。

　　在另一个凉亭里，
　　也放一个装满水的水缸，
　　这些都不是老国王所求，
全是帕板捧麻典的孝敬。

老国王和老王后出家后，
捧麻典改名叫摩诃达巴腊西，
婻玛黑术拉改名叫达巴腊西尼，
　　改名是出家人的规矩。

两人到山林后分房而居，
　　各自住在自己的僧房里，

---

① 僧房：佛教信徒修行居住的房舍。

两人严格按出家人要求，
戒除色欲和杀生吃荤习惯。

摩诃达巴腊西做表率，
还不时向达巴腊西尼开导，
他担心妻子会产生误会，
就对达巴腊西尼讲：

"亲爱的妹妹啊，
现在我们两个都是僧人，
妹不要把哥的话当儿戏，
不能再像俗男俗女那样。

"当太阳落山以后，
夜幕开始降临，
妹就回自己住房里，
不可污损僧人名誉。

"这不是无足轻重的小事，
这是能否修行成功的核心。"
对此达巴腊西尼也能理解，
她认真地向他作出回应：

"这个我完全理解，
你不说我也知道，
今后我们严格要求，
不做污损僧人事情。"

他们过上自食其力生活，
靠野果薯类充饥肠，
达巴腊西尼上山采野果，
然后摘下树叶铺在地上。

将采来的野果摆在上面，
树叶当饭桌两人一起用餐，
他俩认真遵循教规，
在喜林苑里持守五戒八戒。

他俩不断修行慈无量心，
天天如是从不间断，
他们每天只进一次食，
清苦过日子不留恋往日时光。

他们就这样不断地修行，
始终如一长年坚持，
福气助他们走向成功之路，
功德越积越多感动了上天。

不久就修得了世间禅①，
能够在空中自由飞翔，
他俩一直活到九百万岁，
他们的美名在民间流传。

他们抛弃了王权和金银财富，
不留恋过去的荣华富贵，
但还无法脱离世俗人间，
他们修行业处②和四无量心③。

接着又修行修定，
坚持不懈终于达到禅定，
真是功夫不负有心人，
最后修得神通④禅和正行⑤禅。

他们因此发生了变化，
有了神通超凡脱俗，
能同森林里动物沟通，
亲密无间互不伤害。

整天同林中动物喜悦相处，
大小动物同他们一起联欢，

---

①世间禅：三种禅定之一，即色界和无色界的禅定。②业处：心业止住之处。即入定而使心住于一境也。③四无量心：指慈无量心、悲无量心、喜无量心、舍无量心。④神通：变化莫测谓之"神"，通达无碍谓之"通"，合起来说，就是即能使人莫测他之所以，又能为所欲为而毫无障碍。⑤正行：做主要的功夫叫做"正行"，若做帮助的功夫则叫做"助行"。

动物受腊西的慈悲心感染，
也是事物的因果报应使然。

摩诃达巴腊西住在喜林苑里，
隔壁禅房住着达巴腊西尼，
俩人共同在森林里修行，
但不再是当年的夫妻。

他俩意志坚定虔诚修行，
每天以野果充饥已经习惯，
他俩始终持守五戒八戒，
不停息修行着四无量心。

他们舍弃了用金碗吃饭，
舍弃了所有的富贵奢侈，
他们舍弃了君王的生活，
甘愿睡在树叶铺垫的床上。

他俩用芭蕉叶当饭桌吃饭，
席地而坐生活非常艰辛，
不再怀念过去的君王生活，
不再留恋过去的金銮宝座。

他俩有着共同的信念，
只想着早日超脱尘世，
得到道行神通和智慧，
进入神仙境界独来独往。

这样的日子过了很长时间，
每天苦读经书坚持不懈，
他们日复一日进行磨炼，
终于有了感悟神志升华。

一天两位修行者念完佛经，
正在佛坛①旁休闲踱步，

---

①佛坛：修建在寺院正门前一个圆形的佛事地点，专门为僧侣思虑而造。每日坐禅修行前，僧侣们都要上香并按顺时针围佛坛绕三圈，思考所需觉悟之道。

低头思考着佛经的真谛,
领悟到佛经《乌陀南》的道理。

于是两人兴奋异常,
仿佛摆脱了梦魔纠缠,
捧麻典顿时欢呼雀跃,
欣喜若狂地大声说道:

"腊西的极大快乐,
我已完全体会到了,
当我做国王的时候,
坐着金銮宝座高高在上。

"享受着荣华富贵,
目空一切没人敢反抗,
我处理着国家事务,
首领们心里话不敢讲。

"他们唯唯诺诺当应声虫,
我一呼百应非常风光,
常常因小事愤怒发火,
臣官们只敢忍气吞声。

"对抗国王会引来杀头罪,
谁心里都明白不当傻瓜蛋,
其实我也非常烦恼痛苦,
因为我听不到真正的声音。

"这样的人生有什么意义,
还不如当个平民百姓,
现在我才真正悟到真谛,
感受到涅槃的幸福快乐。

"我要继续虔诚修行,
我要不懈地继续努力,
我要理解佛经的真谛,
到达人生最高境界的彼岸。"

他一边踱步一边叙说,
喃喃自语像独觉①佛一般,
他已彻底摆脱凡俗境界,
进入另外的思维空间。

佛祖世尊讲完这段故事,
不由得也感慨万千,
他认为要修成正果不容易,
对比丘和释迦王族们开言:

"众比丘和释迦族的王官啊,
两位腊西在喜林苑里修行,
舍弃了用金碗吃饭习惯,
彻底告别了奢侈生活的地方。

"如今他俩的生活完全不同,
他们每天只吃一顿饭,
他们用树叶当饭桌,
在树叶铺垫的床上睡觉。

"但他们非常惬意,
并不留恋昔日的享受,
认为富贵如过眼烟云,
君王生活像做梦一样。

"'啊,做一个腊西真好,
幸福快乐没有烦恼,
这种幸福我已经得到,
我要好好珍惜。'

"于是他们不断地修行,
他们修行奢摩他②业处,
修行毗钵舍那③业处和四无量心,
他们最终修得了世间禅。

---

①独觉:又名缘觉,或辟支佛,是于无佛之世靠自己的力量觉悟的人。②奢摩他:汉译为止,止息一切杂念的意思。③毗钵舍那:汉译为观,观察或观见事理的意思。

"他们能自由自在地飞行,
　还能同森林里动物沟通,
　身心发生了根本性变化,
　成就了修行的一切意愿。

"修行成功后一切发生变化,
　连林子里的动物也刮目相看,
　仿佛加入他俩修行的行列,
　被慈无量心法的威力感化。

"他们非常友好地相处,
　你来我往成为好朋友,
　动物之间也不再互相争斗,
　广袤森林充满和煦阳光。"

第十五章
王后意外遭劫难
英雄救美驱妖魔

ဥသာပါရ
傣族英雄史诗
乌莎巴罗

ပုဒ်၁၅ ပို့မွေ့ကျကွေ့ကလာလ္လို
ကြာဘုဗ္ဗဒဉ်၁ဃ္ဃဖေဝိ

上章的故事有些悲壮，
因为超越正常人的思想，
捧麻典国王到了晚年，
便决定出家去当腊西。

他意识到将不久于人世，
便将王位传给儿子帕板，
放弃了王位和荣华富贵，
带着妻子一块出家当帕腊西。

夫妻俩到喜林苑里修行，
自食其力过着苦行僧生活，
捧麻典改名叫摩诃达巴腊西，
婻玛黑术拉改名叫达巴腊西尼。

儿子帕板捧麻典接替了王位，
同时继承属于他的一份财产，
父子俩僧俗分离不同一个世界，
父子俩从此各行其道天各一方。

故事接着继续往下讲，
讲帕板继承王位的情况，
他接替父王治理勐迦湿，
享受着君王的荣华富贵。

他利用掌握的权势，
对管辖的国家重新调整，
为一百零一勐，
重新划定领地。

他继承王位后很得意,
雄心勃勃有气魄,
他凭着自己的聪明才智,
把国家治理得固若金汤。

帕板捧麻典会腾空飞翔,
经常飞行在大勐小寨之间,
他穿着仙鞋在空中飞行,
如同在地面行走一样方便。

"本王此次出巡七个月,
你们在家都不许偷懒,
要爱护百姓照顾好小孩,
为民办事保卫国家平安。"

每当他要外出就这样讲,
妻妾跪下双手合十,
向国王表示忠诚的心意,
为国王祈祷吉祥安康:

"尊贵的国王啊,
你去巡视别太长久,
外出要保重身体,
我俩日日夜夜把你盼望。"

每当这种时候啊,
宫女们还会端来饭菜,
摆在帕板捧麻典王面前,
寸步不离服侍国王用膳。

国王吃了饭菜才动身,
她们为他准备物品行装,
替国王穿神鞋和衣服,
为国王把神弓和宝剑佩上。

国王每次巡视所到之处,
一路顺风从未遇到阻挡,
大小头人都向他致敬,
包括头人的妻子和姑娘。

他每到一处就停立空中,
向地面大声发出号令,
他还用箭敲击弓弦,
发出十万钧雷霆般响声。

然后又向地面发话,
大声叫喊让人震惊,
他还不停敲打弓弦,
吓唬地面平民百姓:

"下面的人给我听着,
你们服不服我管呀?
如果服管就留下小命,
否则叫你们死无葬身之地!"

他说罢又敲打弓弦,
向天空射出弓箭,
射箭发出的响声,
如同雷劈千次一样可怕。

地面的国王和臣官,
纷纷仰首向空中看,
听到震耳欲聋的响声,
害怕得发抖不知怎么办。

当他们见到空中有人,
看到空中的帕板捧麻典王,
都感到莫名其妙很惊奇,
人人目瞪口呆噤若寒蝉。

突然又见到空中的人施法,
嘴里喷射出耀眼的火光,
人们更是惊恐到了极点,
都以为惹恼了天上神灵。

于是大家更加无奈,
仿佛大难临头无法躲藏,
都稀里糊涂晕头转向,
跟着国王一起跪拜:

"奴等尊贵的大王啊,
您的威力我们看得清楚,
奴等只能归顺绝不敢反抗,
服服帖帖地服从大王管。

"我们大家都诚心诚意,
说过的话不会反悔,
恭请大王您赶快下来,
下来做我们的大王吧。"

听到人们那样说后,
帕板捧麻典已明白,
下面的民众已降服,
自己已经如愿以偿。

他每收服一个地方,
得到这个王国的地盘,
把所有人变成自己臣民,
还得到该国的所有财产。

他走进别人的王宫,
大摇大摆肆无忌惮,
他坐上金銮宝座,
像在自己王宫里一样。

他不断重复这种行为,
在南赡部洲大地来回闯荡,
他征服一勐后又换一勐,
然后再返回勐迦湿王宫。

前面讲的话只是引子,
暴露了帕板捧麻典的野心,
他接替了父亲的王位,
并不满足想继续扩张。

他想要吞并所有的勐,
占领傣家人所有地盘,
成为傣家人最高首领,
把领地扩大到所有地方。

为此他命令手下王官,
代替他管理勐迦湿,
自己就四处云游,
摸清各个勐的底细。

故事一个接一个,
故事一环扣一环,
好像一根长长的线,
织成一张蜘蛛网。

这张网横一线来竖一线,
横竖交织扯不断,
这故事里的人和事,
如果细说十天半月讲不完。

先说接替王位的帕板捧麻典,
他治理勐迦湿国很有名望,
他不负父辈的重托,
把一百零一勐治理得井井有条。

他不仅有威信,
怜悯心也很强,
他能爱民如子,
他打仗很勇敢。

他从来不怕列强,
也不怕邪恶挑战,
他有腾云驾雾的本领,
也有分辨是非的敏感。

他办事有魄力有耐心,
处理问题当机立断,
他得到大臣和百姓的尊重,
在民众中有高大形象。

他有父辈一样的野心,
吞并了不少大小地盘,
他征服了左邻右舍,
不断扩张自己的领土。

被他吞并的各个大勐小勐,
头人俯首称臣不敢反抗,
他给他们封官授权,
这些人都老老实实像绵羊。

他飞上天际驾着云彩,
翻个跟斗一跃千万里,
他所到之处看个仔细,
对地形地貌一眼望穿。

有时他会停留在半空中,
向地面的人发话问冷暖,
询问勐名和国王叫什么,
被问的人谁也不敢撒谎。

为了显示他的本领和实力,
他拉开神弓把巨石射穿,
那飞箭响声如电闪雷鸣,
吓得地面的人抱头躲藏。

他每到有人居住的坝子,
喜欢把他的本事显示一番,
吓得地面的人们战战兢兢,
人们见到他就坐立不安。

帕板捧麻典国王的本事,
除了射箭还有多种多样,
他能喷吐火龙变火海,
见到的人都会惊恐万状。

百姓见状行合十礼朝天求情,
请他下地做国王,
人们手端盛着蜡条的圣盘,
个个露出可怜的模样。

他就这样霸占土地,
他就这样把国土扩张,
每年都有好几个勐归顺,
前来投奔帕板捧麻典王。

帕板捧麻典文武双全，
粗中有细处事有方，
他每次外出巡游的时候，
都把家里的事安排妥当。

他召集头人和大臣，
还有宫内要员大将，
全是帕板捧麻典的忠臣，
他们是勐迦湿的栋梁。

他们可以代理国王摄政，
确保国家事务正常运转，
这些人也包括王后和王妃，
编织成管理国家的一张网。

每当国王外出巡视之前，
国王总是把他们召进王宫，
把出巡多长时间向大家讲，
对他们逐个提出希望：

"本王准备外出巡视，
你们好好守护着国家，
本王此行不会太久，
大约七个月就会回来。"

他的王后理解夫君的心事，
阿奴巴纳王子更加清楚，
帕雅们也知道国王去干什么，
臣官和士兵们也心照不宣。

因为了解国王心意，
只能附和异口同声，
既然帕板捧麻典发话，
于是就一起回应：

"尊敬的大王啊，
您出去各勐巡游，
请大王快去快回，
别让奴等担忧。"

大臣和众人说后跪拜，
这些礼节都习以为常，
大家双手合十，
一起给国王送行。

帕板捧麻典安排好事务，
这才放心准备出行，
他次日早晨天刚亮，
就带上行装出发。

媬西丽韦扎送来仙食，
担心丈夫路上饿肚子，
食物多种多样够他吃好久，
细心装在包里交给丈夫。

这次他游览了各地风景，
到了众多美丽的地方，
游到了一个国家王城上空，
这个国家名叫勐计帝。

那里的人民安居乐业，
有数万的高头大象，
还有成群的马匹，
数不清的鸡鸭猪狗牛羊。

各家各户稻谷满仓，
风调雨顺无灾无难，
那里人民和睦相处，
从来没有打过仗。

他已经探听到这些消息，
国王名叫帕雅坦麻计帝，
他有个王后名叫媬术帕，
她美丽贤惠举世无双。

王后和国王感情很好，
形影不离如同一个人一样，
那时王后已有九个月身孕，
行动不便只能散步。

有一天王后在宫楼上散步,
　她走累了便坐在阳台上,
　她长得像花粉团一样秀美,
　　身上散发出诱人芬芳。

　她身上披着红色的毛披巾,
坐在阳台上远看像大块的肉团,
　这时空中飞来一只大鹏鸟,
　　在婻术帕王后头上盘旋。

　大鹏鸟以为是一块大鲜肉,
　在那里晾晒加工成干巴,
　就急速地向她俯冲下去,
　　巨大的脚爪抓向王后。

　大鹏鸟用双爪把王后抓住,
　　向高高的天空飞蹿,
　飞进茫茫的原始森林,
　要把王后当一顿美餐。

　这片森林叫做雪山林,
那里人迹罕至特别荒凉,
只有野生动物飞禽走兽,
也是夜叉生活栖息的地方。

　大鹏鸟起初不知抓的是人,
　以为是一块鲜美的肉团,
　它把王后放在窝巢之后,
　准备将她撕开当做美餐。

　　当它正要动手时,
突然发现那"肉"会动弹,
于是它睁大眼睛仔细看,
发现是个如花似玉美姑娘。

　它为此感到非常惊讶,
把姑娘翻来覆去仔细看,
　它不禁大声惊叫起来,
　发现姑娘肚大如箩筐。

那婻术帕王后啊,
吓得战战兢兢缩成一团,
就像大公鸡见到蟒蛇,
只好闭目等死不敢反抗。

大鹏鸟发现肉团是人后,
便打消了吃掉她的念头,
因为这只鸟从不吃人肉,
这一次它也不违反习惯。

它于是把姑娘抓起,
将她放到一棵大榕树上,
然后转身向蓝天飞去,
它要重新觅食来填饱饥肠。

当婻术帕醒来的时候,
已不见大鹏鸟的去向,
她一个人躺在树丫里,
深感冷清十分孤单。

她竖耳细听鸦雀无声,
放眼望去林海茫茫,
她不禁号啕大哭,
但哭诉无门毫无反响。

她为此向天神祈祷,
求神仙拯救她离开这地方,
她还向佛祖祈祷,
求佛祖保佑她能生还。

她千呼万唤,
她眼泪哭干,
她请神灵送她回家,
保佑她回到夫王身旁。

话说在雪山大森林里,
住着一个夜叉魔王,
他的名字叫耙鲁萨亚,
他是个专吃人肉的怪物。

他住在一个万丈深的山洞里，
那是个活人无法进入的地方，
　　他出入行走无踪无影，
　　他的模样丑陋不堪。

　　夜叉听到有人呼救，
　　禁不住欣喜若狂：
"哦，我有人肉吃了。"
　　他高兴得大声叫嚷。

　　夜叉于是飞出山洞，
　　飞向呼救声的方向，
　　他找到婻术帕王后，
　　将她紧紧抱着不放。

夜叉将婻术帕抓到山洞里，
带到那个阴森恐怖的地方，
　　他用石头堵住山洞口，
　　把婻术帕逃生的路阻断。

　　夜叉高兴地自言自语：
"今天的日子非同往常，
　　甜美的人肉送到嘴边，
我要饱饱地吃一顿美餐。"

　　他飞快地去请众妖怪，
　　想同妖怪们一道会餐，
　　　大家一起分享人肉，
　　共同度过这美好时光。

他出去后要第二天中午才回来，
　　他担心时间长了不妥当，
便搬来一块比大象还大的巨石，
把山洞堵得严严实实密不透光。

　　然后夜叉才去找朋友，
　　群魔高兴得前仰后合，
　　他们为得到美女而高兴，
　　他们为有人肉吃而狂欢。

当时有一位神仙正好路过,
听到王后的哭声便停留下来,
得知了媂术帕王后的处境,
萌发无限同情和怜悯。

他是神仙不便直接施救,
就想找个人借助力量,
他找到了帕板捧麻典,
他当时正飞行在天上。

神仙把想法注入他心里,
让帕板捧麻典突然起念想,
要到雪山林里转一转,
雪山林里可能很好玩。

他循声去找那姑娘,
来到夜叉的山洞旁,
见到山洞口被堵死,
拔出神刀一阵乱砍。

他走进深不见底的山洞里,
见到姑娘已哭成泪人一般,
他先把姑娘救出山洞,
详细询问姑娘来自何方:

"请问姑娘是何方人氏?
为何会来到这个地方?
你的丈夫叫什么名字?
为何对有身孕妻子不管?

"是谁把你带到这个山洞?
你同他究竟有什么纠缠?
他是不是看中你的美色?
还是有其他动机?"

媂术帕双手合十跪下,
心中苦水如山泉喷涌,
她先向恩人拜礼道谢,
再把事情经过细讲:

"奴尊敬的神仙呀,
奴的名字叫婻术帕,
奴是勐计帝的王后,
已经有九个月身孕。

"奴坐在宫楼阳台休息,
身上披着红披巾,
正巧有一只大鹏鸟,
飞到了奴的头顶上。

"它看见奴披着红披巾,
以为奴是一大块鲜肉,
就把奴抓到这雪山林,
放在大榕树的枝丫上。

"正当它准备吃奴的时候,
大鹏鸟听到奴大声哭喊,
才知道它抓的是个活人,
就把奴丢在那里飞走了。

"奴就在树上哭喊,
祈求神仙来帮忙,
把奴带回勐里去,
否则必定命丧黄泉。

"此时来了一个夜叉,
听到了奴的哭喊声,
就把奴抓到山洞里,
山洞口还堵着大石块。

"夜叉自己离开山洞,
听他说要去与同伙聚会,
等他玩够了再回来吃我,
还说叫我在山洞里等待。

"直到奴的主来营救,
否则奴只有死路一条,
不知奴的主是哪里人?
云游到这里有何贵干?

"或者是帕雅因还是梵天王?
还是主在这里守护自己地盘?
莫非您也是夜叉或乾闼婆?
是森林里的饿鬼来觅食?

"或者是天神下凡到人间,
来拯救小妹返回家乡?
现在小奴落难很可怜,
请您大发善心救奴出困境。"

王后这样哭诉哀求,
帕板捧麻典听后心酸,
天下竟有这样的怪事,
便心平气和地对她讲:

"哥来森林里游玩,
不是守护山林的神仙,
也不是帕雅因和梵天王,
哥的名字叫帕板捧麻典。

"是治理勐迦湿的大君主,
王国里生活着众多的百姓,
百姓天天快乐生活富足,
王国还有众多联邦属国。

"哥的属国非常多,
有一百零一个勐,
属国年年向哥上贡,
哥的财产有上千万。

"哥到雪山林里游玩,
听到你在哭诉叫喊,
就从天上降落下来,
找到关押你的山洞。

"而今看到宝石般的你,
知道你遇到了天大的灾难,
搭救你是我应该做的事情,
我不是恩人你也不必伤感。

"如果姑娘想脱离苦海。
逃离这个危险的地方,
请你趴在我的背上吧,
我带你逃避这场灾难。

"你务必抓紧我的肩膀,
把你的双目紧紧闭上,
我将背着你远走高飞,
把你送回可爱的故乡。"

姑娘按照帕板的意思,
趴到他那宽厚的背上,
帕板捧麻典用背巾把她扎紧,
还叫她双臂搂住自己肩膀。

然后他一跃飞上空中,
带着婻术帕离开山洞,
他在雪山林上空飞行,
不敢太快担心王后受惊。

因为飞行速度比较慢,
飞行好久还没出雪山林,
正当帕板捧麻典还在飞行,
那个凶残的夜叉就回返。

夜叉发现姑娘不见,
立即出洞寻找,
它发现帕板捧麻典飞去的方向,
边追边在帕板捧麻典身后叫喊:

"你这个好管闲事的家伙,
竟敢进洞偷走我的姑娘,
莫非你想娶她当婆娘,
赶紧把那女人归还给我。"

帕板捧麻典听到夜叉吼叫,
并没有停步也不慌张,
他说这女孩是他的亲戚,
绝不能让她遭到你们摧残。

夜叉听了帕板捧麻典的话,
怒不可遏火冒三丈,
夜叉越骂越凶口水四溅,
加速飞行对帕板紧追不放。

帕板捧麻典看势头不妙,
立即绕圈子抄原路回返,
他喷出一股强大的火龙,
烧得那个夜叉大叫哭喊。

夜叉不敢靠近帕板捧麻典,
火龙随即紧追夜叉的去向,
大火把夜叉烧得哇哇直叫,
夜叉不得已只好放弃追赶。

夜叉见势头不妙拼命逃窜,
帕板捧麻典摆脱了夜叉纠缠,
看到夜叉已经吓跑,
这才熄灭火龙调转方向。

他背着怀孕的媊术帕,
急急赶路不敢怠慢,
他经过长途飞行,
来到媊术帕的故乡。

佛祖世尊讲完这段故事,
担心听众混淆错乱,
对故事进行归纳小结,
对众比丘和释迦族讲:

"众比丘和释迦族王官啊,
帕板捧麻典确实法术高强,
把媊术帕王后带出山洞后,
从空中飞行如风驰电掣。

"不料途中发生了意外,
夜叉耙鲁萨亚追了上来,
夜叉阻挡了他的去路,
夜叉发出疯狂的叫嚷:

"'你这个人,
到底有多大本事,
为何要偷我的女人,
带她逃跑是何道理?

"'那是我的女人,
赶快把她还给我,
否则连你一块吃掉。'
帕板捧麻典听后就说:

"'你这妖魔给我听着,
你这个穷凶极恶的夜叉,
这女子是我们家族的人,
我凭什么要把她还给你?'

"那个夜叉听后很生气,
就追赶到前面去阻挡,
帕板捧麻典对夜叉施法,
念咒语喷火龙烈焰滚滚。

"夜叉见帕板捧麻典喷火,
烧得他鬼哭狼嚎抱头鼠窜,
他非常惊恐不敢久留,
只好悻悻地飞快逃离现场。

"帕板捧麻典收回喷出的火,
火焰随之熄灭不再继续燃烧,
天空上又恢复了原样,
帕板背着王后继续飞翔。"

第十六章
不远千里送孕妇
盛情款待英雄汉

第十六章

　　话说帕板捧麻典救出王后，
　　离开黑暗的山洞飞上空中，
　　他背着媏术帕王后离开雪山林，
　　飞过无边无际的原始密林。

　　帕板朝着勐计帝飞去，
　　一路顺风再没遇到意外，
　　当他飞到勐计帝王城，
　　就停在上空向着地面大声喊：

　　"下面的人给我听着，
　　你们服不服我管呀？
　　如果不想顺服于我呢，
　　恐怕就会有无尽的灾难。"

　　他说完就向空中射出弓箭，
　　弓箭发出震耳欲聋声响，
　　响声就像雷劈千次那样，
　　把王城震动得摇摇晃晃。

　　帕雅坦麻计帝站在宫外，
　　和大臣官员们向空中仰望，
　　听到喊声和弓箭发出的响声，
　　都吓得浑身发抖手脚发凉。

　　他们看到空中的帕板捧麻典，
　　觉得很神奇不可思议，
　　还见帕板不停地喷射出火焰，
　　火焰笼罩整个天空令人惊慌。

帕板捧麻典非常威武,
他气势汹汹咄咄逼人,
地面的人见后非常害怕,
以为大祸临头厄运难逃。

大家慌忙双手合十,
放在头顶跪地求饶,
硬气话都不敢说,
恭请帕板下来当王:

"奴等尊敬的大王啊,
我们全都服从您管,
恭请您来到敝国,
下来做我们的大王。"

帕板捧麻典得到回话,
知道大家已经屈服,
就带着婻术帕王后下降,
降落在勐计帝王宫广场。

人们看见婻术帕归来,
都万分惊奇出乎意外,
大家对帕板捧麻典,
伸出拇指交口称赞:

"这个帕雅真是神通广大,
他可能已经杀了大鹏鸟,
把我们王后救了出来,
而且安然无恙送回王宫。"

因为帕雅坦麻计帝已回宫,
官员们就急忙去拜见国王,
把刚才发生的所有事情,
如实详细地向大王禀报:

"至高无上的大王啊,
王后已被人送了回来,
就是刚才站在天上那人,
眼睛敏锐如剃刀一样。

"他神威无敌如天神,
当今人间举世无双,
我们快点归顺于他,
否则就会招惹大麻烦。"

帕雅坦麻计帝听说有位帕雅,
把自己的王后送回家,
心里头感到万分高兴,
就让官员赶快备好礼盘。

官员们把礼盘备好拿来,
帕雅坦麻计帝亲自去迎接,
迎接受了很多痛苦的王后,
把她接回王宫温暖的家。

帕雅坦麻计帝和众臣官,
对救命恩人感激万分,
恭请帕板捧麻典进宫,
对帕板盛情款待:

"尊敬的大王啊,
请您按照自己的意愿,
做我们勐计帝的大王,
在我们的王宫里享福吧。"

帕板捧麻典接过礼盘,
对迎接的人扫视一番,
帕雅坦麻计帝忙迎上前,
和大臣官员们一起跪拜。

国王引领帕板捧麻典进宫,
嫡术帕王后跟在帕板后方,
帕板捧麻典昂首阔步入宫,
前呼后拥受到众人拥戴。

大臣们赶紧引领他入座,
坐在撑着华盖的宝座上,
宝座同以前不一样,
垫上了价值十万金的蒲团。

宝座还盖上绫罗绸缎,
显得高贵无比,
恭请帕板入座之后,
国王又上前施礼。

他脸上堆满了微笑,
双手合十高举头上,
向帕板捧麻典敬拜,
然后毕恭毕敬说道:

"尊敬的大王啊,
祝您所有疾病不近身,
祝您永远没有灾害,
永远永远吉祥平安!

"您究竟是凡间俗人?
还是梵天王下凡?
或是天上来的帕雅因?
还是哪个勐的大君王?

"您赶走了大鹏鸟,
救出奴的王后送回来,
我们都以为王后已落难,
早被大鹏鸟吃掉上了天堂。

"可万万没想到她还生还,
这都是托大王您的洪福,
您神通广大救了奴的王后,
您的恩德十天十夜说不完。

"我们对您感激不尽,
您的要求我全部满足,
如果您用得着金银,
奴才我将尽数奉献。

"如果您需要土地,
奴才也将尽数割让,
但不知您是哪里人?
请您告诉奴才们。"

帕板见到国王态度诚恳,
觉得没有半点虚假,
他认为时机已经成熟,
这才对他们回答:

"我的王兄啊,
你别急听我细讲,
我既不是帕雅因,
也不是什么梵天王。

"我是凡人帕板捧麻典,
是治理勐迦湿的大君王,
我统领着一百零一个勐,
是摩诃那嘎拉扎塔尼的大王。

"我有六万位帕雅和众多百姓,
我的臣民数也数不完,
我无意侵略别人国土,
也无意到处收取财产。

"在此之前的时间里,
我到雪山林里去游玩,
当我飞到雪山林的时候,
发现那里有三千由旬宽。

"我在空中听到有人哭救,
就循声下到一个山洞旁,
我听到洞里王后哭喊声,
听得出那哭声非常凄惨。

"我于是心里在想,
深山里怎么会有女人?
而且那哭声可怜绝望,
觉得其中一定有名堂。

"于是我来到山洞口,
看到堵着块巨石推不开,
我就用宝剑将石头劈碎,
把王后从山洞里救出来。

"然后我问她叫什么名字?
住在哪个勐或是哪个寨?
究竟有什么人欺负了你?
为什么一人在这里哭喊?

"当时她边哭边回答:
'奴的神仙呀,
奴生活在勐计帝,
是帕雅坦麻计帝的王后。

"'奴已经有九个月身孕,
再过一个月就将临产,
所以不敢外出留在王宫,
只能待在宫里等待分娩。

"'那天奴坐在阳台休息,
奴身上披着件红披巾,
一只大鹏鸟从空中飞过,
想不到灾难降临身旁。

"'大鹏鸟看见披着红披巾的奴,
以为是在那晾晒的一块肉团,
所以一把将奴抓到了雪山林,
放在一棵高大的榕树枝丫上面。

"'正当它准备吃奴的时候,
突然听到了奴大声哭喊,
才知道抓来的不是鲜肉,
而是一个会说话的姑娘。

"'它不愿意吃人肉,
就把奴丢在那里不管,
大鹏鸟自己飞走之后,
奴只好在树上哭喊。

"'祈求神仙来救奴,
把奴带回勐计帝,
这时有一个夜叉,
听到哭声就飞过来。

"'于是就把奴抓走,
关在这个山洞里,
幸亏主的到来,
奴才得到解救。

"'不知奴的主啊,
是帕雅因还是梵天王?
请让奴把您当做依靠,
请您救奴脱离死亡吧。'

"我背着王后还没飞出雪山林,
那个耙鲁萨亚夜叉就回来,
耙鲁萨亚从后面追上了我,
要我把婻术帕王后还给他。

"夜叉的口气蛮横不讲理,
我向他说明还不依不饶,
逼着我施行法术,
喷出火焰去烧那个夜叉。

"那夜叉害怕得要死,
就飞快地逃向远方,
我继续背着王后前行,
终于把她完好交给王兄。"

帕雅坦麻计帝仔细听,
大臣们更是听得入迷,
听了帕板捧麻典的叙述,
大家都佩服得五体投地:

"太神奇了,
尊敬的大王啊,
我们恭请您,
做我们的大王。

"在我们的勐里享福,
请您答应奴等的请求,
长期住在我国别离开,
做大君王治理勐计帝。"

帕板捧麻典频频摇头,
他能理解大家的心情,
但不能答应他们的请求,
只好把内心话告诉大家:

"你们请听我说,
尊敬的王兄和大臣们,
还有众多的百姓平民,
你们的邀请我只能心领。

"让我在这里享受,
我真的不能答应,
要我拥有这里的权力,
这是王兄的一片好意。

"住下来在这里当帝王,
我的国家勐迦湿怎么办?
这就是我不能答应的理由,
希望大家能够理解见谅。

"还有你们给的金银财富,
说实在话我也并不喜欢,
这里的国土官员和百姓,
我有能力治理但无法管。

"这一切我都不能接受,
你们的盛情我只能心领,
我相信你们都很有能力,
你们的国家将保持繁荣昌盛。

"我就委任大王兄你,
仍然担任国王,
治理你们的国家,
勐计帝一定会国泰民安。

"我不当王不等于放弃,
我们两勐要像兄弟一般,
双方的百姓可以经常往来,
亲密交往永远不间断。

"勐迦湿和勐计帝之间,
要搭起一座金桥银桥,
建立起友好的邦交,
相互关照取长补短。

"就让我们成为兄弟,
具有同一王族的血统,
成为一家人不分你我,
如同我在这里当君王。"

帕雅坦麻计帝边听边点头,
臣官们也都交口称赞,
大家举手合十跪拜,
回应帕板捧麻典的话说:

"十分感谢尊敬的大王,
您的话使我等茅塞顿开,
这样做真是再好不过,
两国之间要永远友好往来。"

大家说出了内心的话,
一块向帕板上香叩拜,
向帕板捧麻典敬献厚礼,
礼品有许多金银财宝。

接着摆上美味佳肴,
还让五百美丽姑娘陪伴,
服侍帕板捧麻典国王,
美女们日夜听从使唤。

帕板救王后的消息,
很快传遍四面八方,
人们都来感恩敬拜,
向帕板捧麻典上香。

安顿好帕板捧麻典之后,
勐计帝国王才为王后压惊,
众大臣和官员都一块参加,
他们为王后拴线祝福。

庆贺她落难后又得生还,
祝她从此生活愉快,
永远幸福吉祥平安,
不再有灾难来侵扰。

时间过去了一个月,
嫡术帕王后生下一个男孩,
宫女仆人们为王子净身,
用圣洁香水为他沐浴更新。

他们突然想起一件事情,
帕板捧麻典是救命恩人,
就把孩子抱去献给帕板捧麻典,
请帕板为小王子取名字。

帕板捧麻典接受了请求,
用自己的智慧为小王子取名,
认为王子叫苏帕拉乌它最合适,
意思是脱离夜叉魔掌的男孩。

苏帕拉乌它七岁时,
就非常英俊聪明,
容貌身材像天上神仙,
国王对他更加疼爱关心。

这是帕雅坦麻计帝的独子,
王子是父王母后的最爱,
王子是父王母后的心肝,
他们把王子视为掌上明珠一样。

当然这些全是后话,
提前叙说清楚也无妨,
现在再把话题转回来,
继续讲帕板捧麻典王。

帕板捧麻典喜欢勐计帝,
认为那里是个好地方,
那里的风光秀丽旖旎,
那里有无穷无尽宝藏。

他将婻术帕带回勐计帝后,
就住下来在勐计帝游玩,
尽情享受帝王富贵,
每天有众美女陪伴。

他整天和美女歌舞升平,
让美女捶腰擦背捏脚,
服侍自己的日常起居,
尽情享乐忘记了时间长短。

一个月时间很快就过去,
帕板捧麻典想起自己的理想,
准备向帕雅坦麻计帝告辞,
帕板把心事向大家讲:

"尊敬的大王兄长,
还有在座的众臣官,
还有五百位漂亮少女,
日夜服侍我的美丽姑娘。

"我准备向大家告辞了,
准备继续到其他地方游玩,
要到整个南赡部洲,
去看看别的国家是什么样。"

看到帕板捧麻典来辞行,
帕雅坦麻计帝心里为难,
大臣官员也舍不得他走,
嫔妃们更是难舍难分。

但想到帕板胸怀大志,
挽留的话语不敢讲,
各人的想法不可强求,
只好回应他的话说:

"既然大王执意要走,
奴等也不好强留,
我们的大王啊,
您要去就去吧。

"祝您吉祥如意,
此行一路平安,
任何疾病也不来侵扰,
祝愿您一生安康。

"现在啊,
我们祝愿在家的所有人,
都有幸沾上大王的福气,
让大王的福运留点下来。"

说罢帕雅坦麻计帝走在前,
大臣官员们跟随国王后面,
还有幸运的王后婻术帕,
都来为帕板王送行。

帕板王向大家挥手,
然后纵身跃上高空,
迅速向着远方飞去,
很快就消失在云彩中。

佛祖世尊讲的故事又到一段落,
接着对这段故事做一小结,
看到帕板捧麻典做了好事,
对众比丘和释迦族的王亲说:

"众比丘啊,
帕板救回王后婻术帕,
觉得勐计帝很美丽,
就在那里住了下来。

"他整天有五百美女陪伴,
享受帝王的荣华富贵,
他享乐了一个月之后,
就告别了帕雅坦麻计帝。

"他还告别众大臣官员,
穿上仙鞋佩上了宝剑,
拿起弓弩挂上了箭匣,
然后跃上空中飞腾而去。"

第十七章

帕农倾情话无常
巴罗出家当腊西

ပုၚ် ၆ိ် ၁၇ ပုံ့ဘျသိရျှဒုပဟုံ့ရပ်ဖျုစ
ပန္လျှိတဘုကြန္ဒီဘုံ့ကပုံ့ဒ

回过头再讲帕巴罗故事,
　　讲巴罗小时候的时光,
他们兄妹三个长得很神气,
　　他们兄妹三个勇敢又善良。

　　他们同任何小孩一样,
　　　　小时候也同样贪玩,
　　他们喜欢在蓝天上盘旋,
　　　　喜欢在天空来回游荡。

　　他们驾着彩云飞来飞去,
　　　　有时到勐达腊迦去探望,
　　同爷爷和奶奶小住几天,
　　　　有时又去父王那里游玩。

　　有时到盟国找朋友聊天,
　　　　和他们谈论世事话家常,
　　凡是他们亲友的所在国,
　　　　都留下他们的足迹。

　　有一次巴罗到爷爷家,
　　　　爷爷问他要不要找小姑娘,
　　打算给他找个老婆,
　　　　还认真地对巴罗讲:

　　"我的宝贝孙子啊,
　　　　你已经长成大人模样,
　　应该找个小王妃才是,
　　　　不知你喜欢什么样的姑娘?

"爷爷这里的女孩子都很漂亮,
你喜欢哪一个尽管对爷爷讲,
这些小姑娘都是王族的后代,
门当户对配得上做王妃娘娘。

帕巴罗听了爷爷这么讲,
小脸蛋顿时通红心发慌,
巴罗很感激爷爷的好意,
说自己现在还没这个打算。

他说结婚的事要看缘分,
缘分是前世所定不用紧张,
好比火红的凤凰花,
不到季节不会开放。

见到巴罗已长大成人,
姑娘们见到后心发痒,
凡是他游玩所到之处,
深深吸引着姑娘们目光。

因为巴罗确实迷人,
他身体结实又强壮,
眉目清秀英俊无比,
是天底下少有的男子汉。

姑娘们都希望能嫁给他,
当上他的老婆是终身愿望,
不少女孩还主动向他求爱,
即便能同他睡一夜也知足。

有的姑娘说得更可怜,
只要同他拥抱也心甘,
可惜再美的女孩他也不动心,
弄得姑娘们神情沮丧。

帕巴罗很懂得礼貌,
对女孩的追求婉言谢绝,
他不会伤她们的心,
也不会逗着她们玩。

"缘分这事不能随心所欲,
这好比鲜花长在大树上,
如果你想要时又摘不到,
这时你就要知趣别勉强。"

巴罗同弟弟昆代挺相像,
在一块时分不清谁是兄长,
他俩如同鲜花吸引着蝴蝶,
走到哪儿都会引来一大串姑娘。

小妹妹嫡西丽芭都玛,
如同缅桂花含苞待放,
她的姿色美丽迷人,
小伙子见了个个口水淌。

帕巴罗人小志气高,
他没有心思谈婚恋,
他心里想的是干大事,
从来不讲儿女情长。

兄弟俩都像红太阳,
最小的妹妹像月亮,
姑娘和小伙子羡慕他们,
世人都把他们美名传扬。

姑娘们向他们求爱,
好像金蝴蝶围着花儿转,
但如同天上的月亮和星星,
手摸不着只能抬头远望。

王家的叔伯和舅姨们,
纷纷上门求婚试探,
提亲的人几乎踏破王宫门槛,
但到头来都失望返还。

哥现在要唱梵天界里六兄弟,
他们是帕那罗延那和帕摆,
帕巴郎麻埃舜和帕毗湿奴,
还有帕勇和帕瓦伦纳。

他们所在的天国地府,
掌管人间和仙国大权,
主宰人神的一切命运,
管辖着神龙和星辰月亮及太阳。

这六位神仙和人类之主,
究竟有多大的力量?
可以作一个形象的比较,
就能显出谁的本领更强。

九百九十万头普通大象的力量,
才等于一头吉利灭卡拉神象的力量,
九百九十万头吉利灭卡拉神象的力量,
才等于一位法轮王的力量。

九百九十万位法轮王的力量,
才等于四大天王①中一位的力量,
九百九十万位四大天王中一位的力量,
才等于一位帕雅因的力量。

九百九十万位帕雅因的力量,
才等于一位夜摩天王的力量,
九百九十万位夜摩天王的力量,
才等于一位兜率天王的力量。

九百九十万位兜率天王的力量,
才等于一位乐变化天王的力量,
九百九十万位乐变化天王的力量,
才等于一位他化自在天王的力量。

所有一切神灵的力量加在一起,
才抵得佛祖一根指头的力气,
就是我们现在说的沙邦如王,
沙邦如王即释迦牟尼佛祖。

---

①四大天王:即东方持国天王、南方增长天王、西方广目天王、北方多闻天王。

释迦牟尼为最高之神,
没有佛祖世界就不会平安,
因为对释迦牟尼的崇拜,
才有那么多人出家当帕腊西。

这些力量的对比,
佛经《阿伦那瓦利》里有记载,
天神们在天地间来回穿梭,
时刻保护着勐邦果。

听吧,哥要讲到乘象大王,
讲到威名远扬的帕农,
每天成群的大臣来觐见,
巨大的财富他用不完。

烦恼事情从不近身,
无忧无虑高高在上,
他却厌恶世间的无常,
感觉到内心摇摆不定。

他的心里另有所想,
究竟在想什么谁也不知道,
帕农终于下定决心,
因此他对妻子讲:

"我的爱妻啊,
这个世道很不平安,
有时变得混浊不清,
有时会遇到危难。

"我有责任稳定这个人世,
我要出家到雪山林中修炼,
现在我要告别我心爱的妻子,
告别我宝石般的王后娘娘。

"你安心在家里照顾父母,
还有六个可爱的儿郎,
我要安排儿子们照顾你,
同时守卫自己的家园。"

王后听了夫君的话，
拉着丈夫衣角死也不放，
王后哭得死去活来，
她不让丈夫出家当腊西。

"尊贵的夫君大王啊，
你这一走丢下我们，
我请求你打消这个念头，
留在家里同奴共度时光。

"我们夫妻今生今世成一家，
这是前生前世定下的姻缘，
如今这样好好的一个家，
为什么非要分开成两半？

"莫非你嫌我不懂得经书，
莫非奴做错什么事，
违反佛祖的哪条戒律，
让你横下心出家当腊西？

"你可想到你出家以后，
家里留下母子空荡荡，
且不说我一人在家多寂寞，
没男人的家过日子更艰难。

"我求求你啊夫君，
你不能丢下我们不管，
你千万不要出家，
你千万不要去当腊西。"

妻子的话动人心弦，
妻子的话令帕农心酸，
他安抚着妻子，
他轻声细语对妻子讲：

"我最心爱的王后啊，
你的心情我能理解，
你是一个贤妻良母，
你对我的爱永世难忘。

"自从我娶到你的那天起,
我就非常幸福从未心烦,
我非常爱你疼你喜欢你,
你非常纯洁心地善良。

"我此去不是抛弃你,
我这一去另有他想,
我一直想出家悟道成佛,
我要让人世间稳定平安。

"人间为什么这么多苦难?
天下为什么经常打仗?
多少生灵死于无辜,
天灾人祸始终不断。

"请我的爱妻不要顾虑,
请你不必难过和心酸,
我走后你日子会好过,
善良人定会永世安康。

"我会交代我们的孩子们,
服侍好他们的母后娘娘,
不让你受难受苦,
不让你寂寞孤单。

"你别因为我走就难过,
不要哭泣也不要悲伤,
要像过去一样过日子,
幸福的时光还有很长。"

妻子的心快要破碎,
如同煮沸的水一样滚烫,
她在伤心地流泪哭泣,
在呼唤丈夫改变主张。

妻子哭得死去活来,
丈夫的决心如磐石坚定不移,
宫女们听到王后哭声,
都过来哭成一团。

帕农看到这种场面,
禁不住也泪水潸然,
他虽然可怜这些女人,
却不忘自己是男子汉。

众多的王宫臣官,
听说国王要出家当腊西,
立即快马加鞭赶来,
有的跑去告诉他的几个儿郎。

这时帕农的大儿子,
他在另一个国家当国王,
听到帕农王要出家,
心里紧张忐忑不安。

帕农王的六个儿子,
都在各自国家当王,
有一个名字叫帕罗,
还有一个叫甘达来。

老三名字叫做念达辛,
老四名字叫做索利瓦,
还有加拉韦扎和阿皮伦,
从四面八方赶来劝父王。

他们苦苦哀求父亲,
希望他不去当腊西,
他们对出家的决定不理解,
认为他吃错药神志不正常。

他们跪在帕农的脚下,
问他为什么丢下孩儿不管?
问他为什么不要母后?
问他出家究竟为哪般?

他们还各自检讨自己,
以为做错事得罪父王,
抑或看他们几兄弟不顺眼,
对他们的过失不肯原谅。

父王此去分明是逃离家园,
　　肯定有什么事令他心酸,
不然不会丢下自己妻儿,
　　一个人去深山当腊西。

帕农对儿子的劝说很理解,
　　但是他的意志难以逆转,
为了安慰他的六个儿子,
　　他把自己的心事向他们讲:

"我知道你们已经懂事,
　　你们都是有孝心的孩子,
不管你们怎么生气,
　　我心里没有什么抱怨。

"关于出家修行悟道的事,
　　你们不知道里面的名堂,
你们赞成或反对全无关系,
　　都符合经书教义里所讲。

"我是你们的亲生父亲,
　　心事对你们应该讲明,
我此行不是为自己而是为大家,
　　超凡脱俗去解救人们免遭苦难。

"为父有一种义务和责任,
　　要拯救贫困人脱离苦难,
现在世上动荡非常可怕,
　　要有人去保护百姓平安。

"我想做一个彻底解脱的腊西,
　　专心探索怎样排除人生苦难,
这就是为父的全部心事,
　　这就是为父的崇高志向。

"我的六个可爱的孩儿啊,
　　你们都很善良,
你们要照看好家园,
　　你们要照顾好母后娘娘。"

帕农向孩子们表露心迹,
又转过头来对大臣们交心,
他也理解大臣们的心意,
他感谢大臣们良苦用心:

"各位忠诚的大臣官啊,
现在我向你们讲一讲,
听后你们要保持冷静,
不要激动也不要悲伤。

"照常过自己的生活,
该做什么就做什么同过去一样,
我还要前往勐达腊迦王城,
去告别我年迈的母后和父王。

"向我的父王母后请求,
请求他们理解我的志向,
从现在起我放弃拥有的一切,
包括国家权力和全部财产。

"我要做一个平民百姓,
一无所有空空荡荡,
希望你们互助互爱,
过得幸福安康。

"关于我这次出家的事,
我决心已定不再改变主张,
我非常热爱自己的追求,
我非常热爱自己的信仰。

"在我的心目中四大皆空,
没什么比这教义更神圣高尚,
现在我放弃我的权力,
也放弃我的一切财产。

"从此我就是一个平常人,
我再不是人上人的国王,
好比水果从树上掉下来,
已彻底脱离生长它的大树。

"我的心已全部变样,
我再也没有权力欲望,
就像一根草连根拔起,
重新栽下去难以生长。

"我刚才讲的一席话,
还有举出的比方,
全是我的真心实意,
是我埋在心底的理想。"

帕农讲了那么多话,
在场的人个个茫然,
他们想再继续挽留,
但全都变成失望。

王后和孩子只好低下头,
低声哭泣别无他想,
挽留帕农宣告无效,
他们用泪水送别帕农王。

帕农前往勐达腊迦,
去告别年迈的母后和父王,
帕农向父王母后跪拜忏悔,
请求父母恩准他去当腊西。

他向老人讲明自己的想法,
他向老人讲明自己的信仰,
他请求父母批准他出家,
他请求父母不要阻拦。

他的父亲是勐邦果老国王,
见到儿子铁了心无话好讲,
只好同意儿子请求,
人各有志不好勉强。

父王恩准令儿子高兴,
也许这是他命中注定,
父王最后还为儿子祈祷,
祝他心想事成实现理想。

老国王为让王儿轻装上阵,
原谅他的一切过失,
原谅以往的一切罪过,
愿一切灾祸远离王儿身旁。

国王要求帕农出家后要回来,
最多不要超过一年半载,
就像串亲戚和拜访朋友,
回来把父母亲看望。

就在这个时候,
巴罗闯了进来,
他是帕农的侄儿,
此时他正在爷爷处玩。

巴罗对伯父的行为很赞同,
他想跟伯父一道去当腊西,
他把自己的想法对爷爷讲,
爷爷望着巴罗满脸微笑。

帕亨达明白孙儿心意,
爽快地答应了孙儿的请求,
巴罗高兴地拜谢爷爷,
然后高兴地向爷爷告辞。

巴罗和帕农一起动身,
不久来到勐故萨宛帝,
帕农见到三弟纳林答,
向他说明出家的原委。

纳林答理解哥哥的志向,
没有挽留表示对他支持,
帕农得到三弟理解很高兴,
随即辞别去找四弟。

帕农找到四弟布塔,
四弟对哥哥也表示理解,
帕农辞别后又去找五弟,
坦麻对大哥行为也同意。

帕农告别了五弟坦麻,
又接着去找他最小的弟弟,
六弟桑卡支持大哥行动,
帕农感到无比欣慰。

帕农把出家的事告诉了弟弟,
又去向勐邦果王族子孙辞行,
得到亲戚们理解和支持,
帕农这才回到勐萨满达。

帕农回到勐萨满达,
向妻儿做最后辞别,
就和巴罗一起动身,
帕农心情无比愉悦。

帕农和巴罗带着生活必需品,
有拐杖凿子锥子皮垫和钵盂,
伯侄俩离开了勐萨满达,
来到大弟丙比桑的勐邦果。

巴罗拜见父亲丙比桑,
请求同意自己跟伯父去当腊西,
父王丙比桑对此感到很不理解,
但经不起他再三要求只好答应。

帕雅丙比桑答应巴罗出家,
但要求他一年后回家看望,
免得家中的父母牵挂,
要他理解父母的心愿。

家人一道为伯侄俩祈祷,
愿他们远离疾病和灾难,
愿神仙保佑他们在森林里,
平平安安。

巴罗非常高兴,
跟着帕农走出王宫大堂,
他们走进茫茫的林海,
到达原始的雪山林。

佛祖世尊坐在大榕树旁,
坐在他的精舍里,
给比丘们讲完这段故事,
然后又停下小结说:

"众比丘啊,帕农因为心有所想,
他看透了人世无常,
决意放弃财富地位和妻儿,
出家到雪山林里修行当帕腊西。"

第十八章

逃荒栖身深山里
美女猴子结夫妻

ၵႂႃႇၸီႈ ၁ㅅ ပၢၵ်ႇယိုဝ်ႉမိူင်းၵဝ်ႇလိူဝ်ႈၼႃး
ၾိင်ႈမေးၵျွၵ်ႉၵၢပ်ႈၵမ်ႉပျႃႈ

前面讲到帕板离开勐计帝，
告别了那里的国王和臣官，
跃上空中飞行而去，
到各勐巡游看天下。

帕板捧麻典不停飞行，
有一天飞到一个地方，
他停留在上空盘旋，
那里叫勐晚那先兰。

帕板站在王城的上空，
对整个王城来回细看，
他仔细视察一遍之后，
放开嗓门向城里人高喊：

"喂，下面的人，
听大王我说话，
你们服不服我管呀！
赶快给我回答。"

说着就用弓箭敲击弓弦，
发出的声音非常响亮，
好像十万钧雷霆，
全城都感到震荡摇晃。

他还口吐火焰，
大火烧红半边天，
火焰瞬间逼近地面，
眼看快烧到王宫大殿。

人们不知道发生什么事，
纷纷出门口观看，
以为发生了外敌入侵，
爆发令人恐惧的大战。

人们见到天空充满火焰，
顿时引起王国一片混乱，
大家都恐惧得浑身发抖，
以为勐晚那先兰从此完蛋。

国王和臣官也听到声响，
都非常惊恐朝天上看，
只见有个相貌威严的人，
站在高高的云端上。

大家未及缓过神来，
又见那人更加猖獗，
口里大火继续喷出，
越烧越大已无法扑灭。

国王见势头不对，
就同臣官们商量，
决定向那人屈服，
俯首称臣彻底投降。

国王率领众臣跪在地上，
不停磕头表示求饶，
除了磕头大家还放开嗓门，
对天上的帕板捧麻典说道：

"尊敬的大王啊，
奴才们有礼了！
就请您下来救助，
做我们的大王吧。"

帕板捧麻典听得清楚，
知道勐晚那先兰已投降，
官员们臣服于自己，
心中有数就不再施法。

他离开空中降落下来,
落在王宫大院空地上,
然后睁大眼睛扫视大家,
对大家表情进一步观察。

国王率领众大臣,
向帕板下跪求饶,
请求放过老百姓,
一切罪孽全由他们承担。

大臣请求他把火熄灭,
否则房屋会被烧光,
要他可怜可怜百姓,
他们绝对不敢反抗。

听了大臣们的哀求,
帕板这才重新施法,
大火顿时熄灭,
天地恢复正常。

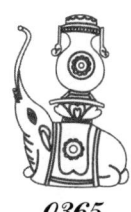

国王和大臣跪地施礼,
恭请帕板捧麻典进入殿堂,
把价值十万两金的蒲团,
放在撑有华盖的宝座上。

待帕板捧麻典进入王殿之后,
国王再次率领大臣施礼,
大家双手合十高举头顶,
然后毕恭毕敬地齐声说道:

"尊贵的大王啊,
您路途辛苦了!
请您先登上宝座,
享受愉快和安闲吧。"

他们说罢又再次施礼,
见帕板捧麻典已入座,
众人这才松了一口气,
但依然跪在地上不起。

帕板捧麻典入座之后,
忽然间觉得好生奇怪,
来迎接的好像全都是大臣,
不知谁是勐晚那先兰国王。

其实勐晚那先兰国王也在场,
最前面那个小孩就是国王,
国王的年龄只有十多岁,
好像是大臣的孩子跟来玩。

他还是个小孩不懂礼节,
说话也不懂表述很为难,
所以全由大臣官员代言,
代他接待帕板捧麻典君王。

老臣见帕板捧麻典有疑问,
忙将小国王拉过来做介绍,
然后又代替小国王,
向帕板捧麻典叩拜:

"尊贵的大王啊,
请恕奴等冒昧,
请问大王尊称大名?
是哪个勐的君王?

"大老远来敝国因何事?
有什么事情要奴办?
是否还要去别处?
请大王您说来听。"

帕板捧麻典这才开腔:
"年幼的国王兄弟,
还有大臣官员们啊,
本王名叫帕板捧麻典。

"我是治理勐迦湿的君主,
统领一百零一国的大王,
我手下有无数将领士兵,
我们的金银财宝数不完。

"本王有心想到处游玩,
于是就离开勐迦湿家乡,
委托六万位帕雅和大臣,
替我好好把国家代管。

"然后我就出来到处游走,
看看各个国家是什么情况,
如果发现哪个地方有灾祸,
我就把那里的灾祸消除掉。

"我今天来到勐晚那先兰,
也是了解你们国家情况,
看你们这里有什么问题,
需要本王出力帮忙。"

大臣们听到后非常激动,
意识到他为何那么张狂,
勐迦湿的强大早有所闻,
都一齐举手敬拜后说:

"请大王可怜可怜奴才们,
请大王做我们的国君吧!
请求大王怜悯老百姓们,
安心住下来不要再离开。"

帕板捧麻典回答说:
"谢谢大臣们的好意,
我不是来霸占你们国家,
只希望天下人互相关爱。

"这就是本王的真正目的,
希望两个勐建立友好邦交,
勐迦湿和勐晚那先兰之间,
从今后就像一个国家一样。"

帕板捧麻典的话刚说完,
大臣们全都喜出望外,
原来这个人不是强盗,
不是来侵略的坏蛋。

所有人都长长地松了口气,
纷纷露出笑脸转忧为喜,
大家再次向他下跪敬拜,
大伙感激之情溢于言表。

尤其是听到两个勐结盟友,
永远友好不会互相侵犯,
大家听后都非常高兴,
就回应帕板捧麻典说:

"奴等万分感激帕板大王,
大王真是敝国王的好兄长,
大王所说的话非常好,
我等遵照大王意思办。"

他们想报答帕板捧麻典,
向他敬献很多金银珠宝,
还献给他五百位美女,
让她们精心侍奉帕板王。

帕板在勐晚那先兰住了下来,
在勐晚那先兰享受君王之福,
同五百位美女尽情欢娱享乐,
玩够后帕板才离开那个地方。

十六年的时间很快过去,
勐晚那先兰出了大问题,
发生了饿死人的大饥荒,
民众忍饥挨饿生活艰难。

相传在勐晚那先兰国土上,
有六年整没有下过一场雨,
天干地旱人们都没有水喝,
庄稼全部干枯大地无生机。

很多人在灾难中饿死,
尸横遍野非常凄惨,
不死的就逃荒别处,
国内民众无限悲伤。

这样的灾荒前所未有,
由于庄稼失收饿殍遍地,
到处是人的凄惨哭喊声,
人们无法生存到处行乞。

灾荒带来了严重瘟疫,
民众在痛苦呻吟喘息,
他们流浪到邻邦异国,
他们有家难归向外迁移。

由于受灾地域实在太广,
外勐想援助也无能为力,
人们眼望苍天求神拜佛,
祈盼着救星降临到大地。

在灾难深重的国度里,
有这样一个小弱女,
她和千万国民同命运,
她名字叫做婻帕腊尼。

女孩出生在贫苦的家庭,
灾荒年父母都已经死去,
父母双亡家里一无所有,
一个人孤零零无依无靠。

苦海无边姑娘无法活命,
婻帕腊尼的生存成问题,
这年她刚满十五岁,
豆蔻年华如花似玉。

她逃离故乡走进森林,
希望能找到一线生机,
在森林里她盲目行走,
寻找野生瓜果来充饥。

有时她肚子饿得无法忍受,
心里胡思乱想却毫无主意,
她突然想起山林中修行的帕腊西,
帕腊西的生存方式给她启迪。

既然帕腊西在森林里能活命，
我要好好向帕腊西学习，
我要好好地活下来，
我要寻找野果充饥。

就这样她顽强活了下来，
半个月的日子很快过去，
这些日子她走了无数山路，
究竟身在何处自己也想不起。

有一天她走到一个平缓山坡，
她又渴又累就躺在一棵大树底下，
这棵树长得又高又大，
就像一幢高大的楼宇。

她在那里好好睡了一觉，
不管白天黑夜不愿离去，
饿了她爬上树采野果，
累了就在树下面休息。

姑娘还采食树周围的野菜，
用树枝挖地下可吃的东西，
她还在树底下生火煮食物，
同大树朝夕相处形影不离。

姑娘在树下住了一个半月，
有一天她的生活出现奇迹，
一只很大的公猴来到那里，
从此给她的生活增添生机。

公猴看到姑娘非常漂亮，
独自一人在树底下叹气，
还看到她孤独一人觅食，
像野人一般用野果充饥。

公猴看到小女孩很痛苦，
觉得她孤零零可怜兮兮，
公猴因此生发怜悯之心，
想做点事情来逗她欢喜。

从此公猴每天为她找来野果,
还有野菜薯类等能吃的东西,
姑娘对公猴的出现很高兴,
对它送的食物也来者不拒。

姑娘爱吃的水果它想法找来,
公猴的热情使姑娘非常感激,
人猴相处彼此成为好朋友,
两个经常在一起吃喝休息。

姑娘还煮野菜给公猴吃,
公猴吃后感到香甜无比,
人猴相处久了,
那公猴也渐渐懂得人意。

后来公猴去找来稚嫩的茅草,
垫在地上给姑娘睡觉休息,
松软的床令姑娘睡得香甜,
公猴的体贴她心中感激。

公猴示意姑娘不要乱跑,
免得走散了无法在一起,
只要她想要什么它都会去找来,
体贴入微令姑娘温馨无比。

公猴给姑娘带来了舒心快乐,
同公猴在一起她整天笑嘻嘻,
她慢慢地爱上了公猴,
想嫁给公猴结为夫妻。

她把心事告诉了公猴,
公猴听后心里欢喜,
两个经过一番准备,
他俩以大树为媒结为夫妻。

从此两个出双入对,
日子过得非常甜蜜,
公猴非常体贴妻子,
从来不对她发脾气。

公猴每天早出晚归觅食,
姑娘就一个人守在家里,
公猴爬树找来鸟蛋,
下山沟里抓来大鱼。

公猴找来许多山珍海味,
姑娘煮的菜肴香甜无比,
姑娘无微不至照顾丈夫,
公猴十分勤快疼惜爱妻。

婻帕腊尼嫁给公猴过了一年多,
有一天姑娘告诉丈夫肚里有喜,
夫妻俩于是更加恩爱,
又唱又跳欢天喜地。

当姑娘怀孕七个月的时候,
晴朗的天空突然风云起,
一场灾难即将降临,
可怜那姑娘还蒙在鼓里。

在森林的另一个角落,
那里是一块不祥之地,
住着个叫韦图腊的夜叉,
他无恶不作从头坏到底。

那夜叉觅食来到森林这边,
看到美丽的姑娘婻帕腊尼,
他垂涎姑娘的美貌,
那贪婪的眼睛色迷迷。

夜叉心里萌生了邪念,
想霸占婻帕腊尼为妻,
夜叉躲在森林里痴想,
想一把将姑娘搂在怀里。

他知道姑娘已有猴丈夫,
要得到姑娘还得用心机,
他深知强扭的瓜不会甜,
取得姑娘喜欢才是明智之举。

夜叉于是心生毒计，
想除掉公猴用来充饥，
他得知公猴的去处，
抡起大木棒置公猴于死地。

他张开血口将公猴吃掉，
然后揩揩嘴巴躺下休息，
他又跑回那棵大树背面，
去干那见不得人的把戏。

再说姑娘在家等猴丈夫回来，
一等再等三天时间过去，
她吃不下睡不着天天等待，
可惜盼不到丈夫回来的消息。

她意识到情况不妙，
丈夫可能出了问题，
她深切怀念猴丈夫，
泪水涟涟痛哭流涕。

她再次陷入悲痛之中，
没人陪伴她孤苦无依，
丈夫再也不能照顾她，
她的生活全部靠自理。

狡猾的夜叉见时机已到，
他摇身一变成个小兄弟，
他嬉皮笑脸来到大树下，
假惺惺地关心婻帕腊尼。

"请问大姐有何伤心事？
干吗总见你哭哭啼啼？
莫非你丈夫出了远门？
还是有不开心事纠缠着你？

"喜新厌旧所有男人都一样，
天下的男人没一个好东西，
可能你丈夫已另有所爱，
可能你丈夫已经厌烦你。"

姑娘发现面前的小伙子,
样子长得英俊又懂道理,
她弄不清夜叉的真面目,
还以为他出自一片好意。

于是她把心中话儿讲出来,
把事情的来龙去脉道仔细,
夜叉装得非常同情认真听,
最后还假装出痛心和惋惜。

"我亲爱的姑娘啊,
你的美貌天下无比,
我第一次见到你后,
哥哥就爱你入了迷。

"你的不幸已无可挽回,
请你不必再伤心哭泣,
你丈夫之死我只好告诉你,
你千万保重不要损伤身体。

"在这茫茫的林海里,
猎人经常走来走去,
我亲眼看到有个猎人打死你猴哥,
他把你的猴哥打死后又拉去剥皮。

"猎人把猴肉拿回家去当美食,
你的猴丈夫啊早已在锅里,
你猴哥死了不能复生,
你也不必为此而生气。

"没有丈夫实在孤独,
就让哥哥来陪伴你,
我会像猴哥那样照顾你,
希望我俩能够结为夫妻。"

夜叉装的样子很诚恳,
姑娘经不住他的甜言蜜语,
她不再盼望猴丈夫能回来,
于是答应嫁给他为妻。

夜叉险恶又狡诈,
得到姑娘后又继续演戏,
他整日奔波觅食,
无微不至照顾婻帕腊尼。

尽管夜叉阴险又狡猾,
但江山易改本性难移,
有一天他杀死一个人,
还骗姑娘说人肉是野鸡肉。

姑娘善良又单纯,
根本不知道底细,
吃了人肉也不知道,
还向夜叉表示感激。

这时在茫茫的雪山林里,
有个帕腊西叫韦麻拉,
他有高超的法术和金睛火眼,
能分辨出夜叉的底细。

帕腊西在雪山林里到处游玩,
他见到大树下的婻帕腊尼,
他一眼就看出姑娘遭苦难,
对婻帕腊尼受欺骗很惋惜。

他想拯救她脱离魔掌,
帮她尽快离开那里,
他要把实情告诉她,
让她醒悟重觅生机:

"哦,受苦受难的姑娘,
好人坏人你要分清,
你这个丈夫不是人,
他是夜叉在欺骗你。

"你的前夫是他所杀,
又装成好人在演戏,
他吃了你的猴丈夫,
又骗你嫁给他为妻。

"你已经怀有你前夫的孩子,
他现在不吃你有他的动机,
等你生下你猴丈夫的儿子,
再将你母子一道吃进肚里。"

婻帕腊尼听了帕腊西一席话,
如梦初醒一时却没了主意,
她心上像压着一块大石头,
她六神无主不知怎么处理。

她双手合十跪下,
向帕腊西磕头跪拜,
请求帕腊西救她一命,
给未出世的孩子一线生机:

"精通经书的仙王啊,
我要感谢你的好意,
请求你想法搭救我一命,
我要在你福荫下活下去。

"我本是一个苦命人,
父母双亡无依无靠,
你是我的再生父母,
我要跟着你不弃不离。"

帕腊西听了姑娘求援,
非常同情她的遭遇,
他立即带着婻帕腊尼姑娘,
踩着云朵飞奔而去。

帕腊西到达他修行的僧房,
才深深地松了一口气,
他帮她盖了一个草棚,
让她在那里生活休息。

帕腊西又拿来食物,
有瓜果木薯和香芋,
姑娘饱饱地吃一顿,
对帕腊西千恩万谢。

帕腊西把她看成亲生女儿,
生活照顾得很仔细,
她感受到亲人的温暖,
怀孕的肚子一天天隆起。

再说那个作恶多端的夜叉,
觅食归来找不到婻帕腊尼,
夜叉找了三天三夜,
终于弄清婻帕腊尼的去向。

他怒气冲冲地飞上天,
来到韦麻拉腊西住地,
那里离夜叉住地有五千由旬,
他一眼就看见草房里的婻帕腊尼。

可是夜叉无法接近她,
草房四周有一圈法力,
他无法进房子只能干瞪眼,
他放开嗓门花言巧语:

"帕腊尼呀,你太糊涂了,
你为什么忘记夫妻情义?
你就忍心把我丢下?
你忘记我是多么爱你?

"帕腊尼啊,你太轻信了,
你中了那老头的奸计,
他想拆散我们夫妻俩,
他编造的话全无道理。

"来呀,我心爱的妹妹,
我这一生不能没有你,
来呀,快跟哥哥回去,
我俩夫妻生活最甜蜜。"

婻帕腊尼姑娘听后火冒三丈,
可惜她性格温柔不会发脾气,
婻帕腊尼再也不会受骗上当,
她已经把夜叉的本质看彻底。

"你还厚脸皮找上门来,
你是个夜叉我要撕下你的人皮,
你不要再装模作样欺骗我,
你快点收起你的鬼把戏。

"我的丈夫是被你杀害,
你这个恶魔是我的仇敌,
你根本不配当我的丈夫,
我俩更谈不上什么恩爱夫妻。

"撕下你慈悲的假面具,
收起你骗人的甜言蜜语,
我已后悔对你的信任,
我已不是以前的婻帕腊尼。

"你别想再来欺骗我,
我这一生再也不想见到你,
我不会拿生命开玩笑,
你快滚蛋别在这里死赖皮。

"我庆幸摆脱你的魔掌,
我已做了韦麻拉腊西的干女儿,
我要同韦麻拉腊西朝夕相处,
今后什么地方都不会去。"

夜叉听了婻帕腊尼的一番话,
喉咙里像塞着石头喘不过气,
铁证如山他无法抵赖,
眼睁睁听婻帕腊尼揭他老底。

既然真相她全知晓,
再待下去已没意义,
夜叉想不出新的花招,
只好悻悻飞回老巢去。

夜叉被辱骂离开后,
婻帕腊尼总算松口气,
她在养父的关照下,
生活过得无忧无虑。

时间又过去三个月,
她的怀孕已经到期,
婻帕腊尼顺利生产,
她生下一个小弟弟。

刚生下来的小男孩,
活蹦乱跳很有生命力,
他既有婻帕腊尼的美貌,
又有猴子的灵气。

韦麻拉腊西烧好热水,
递给养女把婴儿清洗,
僧房里没有其他帮手,
忙坏了当外公的帕腊西。

孩子很快长到七个月,
帕腊西忙着为外孙取名字,
他认真翻阅经书测字推算,
贺腊满这个名字他最满意。

这是一个吉祥的名字,
预示着他将来能出人头地,
小男孩一天天长大,
八岁时身体强壮力大无比。

他既聪明又很机灵,
有十头大象的力气,
他还能够腾云驾雾,
翻个跟斗十万八千里。

他会上山寻找野果挖木薯,
拿回家给母亲和外公充饥,
从此一家三口不愁吃和穿,
家庭重担猴儿一肩挑起。

他还去平坝偷大米,
偷盗行为不可取,
孩子从小不学好,
急坏了韦麻拉腊西。

养子不教父之过,
当外公的万万不能依,
他于是叫来贺腊满,
耐心给他讲道理。

"偷别人的稻谷很不好,
缺德行为不能再继续,
你要用心读经拜佛,
行善积德才能长志气。

"不学邪恶做好人,
五戒八戒要牢记,
从小你要走正道,
长大后才有出息。

"捕鸟杀生的行为也不好,
今后不能伤害有生命的东西,
经书上称杀生为阿巴那,
这是佛祖教导第一条戒律。

"第二条戒律叫阿迪那,
粮食要靠自己劳动去获取,
不属于自己的东西不能要,
偷盗行窃的行为要中止。

"第三条戒律叫嘎米苏密沙,
别人家的妻子不能去调戏,
同别人的老婆偷情是罪孽,
这种罪名一辈子也洗不去。

"第四条戒律叫木沙瓦达,
说谎的人也不是好东西,
骗别人钱财图自己享乐,
到头来骗人终归害自己。

"骗人终归会被揭穿,
到最后你会威风扫地,
死后还会被丢进烫水锅,
所以说骗人没有好结局。

"第五条戒律叫苏腊米里亚,
　　酒水也要特别注意,
　　酒是粮食所酿造,
　　它是臭物不是好东西。

"酿酒要捂在坛里发酵,
　　喝多了还会伤身体,
　　酒醉还会惹麻烦,
　　神志不清害人又害己。

"以上五条是戒律,
　　你一定要牢牢记,
　　因果报应会到来,
　　你要严格要求自己。"

　　帕腊西对他耐心教导,
　　使他明白好多道理,
　　他以前不知什么叫犯罪,
　　更不知经书上有戒律。

　　他决心改过自新,
　　再也不伤天害理,
　　今后好好走正道,
　　绝不惹外公生气。

　　知道孙儿已认错,
　　帕腊西心里很欢喜,
　　孙儿人小不懂事,
　　只怪大人没教育。

　　韦麻拉腊西端来一碗圣水,
　　用树叶为贺腊满来洗礼,
　　他祈祷佛祖保佑孙儿,
　　赐给他本领和灵气。

第十九章

妖怪养个好儿子
英雄美女结成双

ဥသာပရွှေ
傣族英雄史诗
乌莎巴罗

ပုဒ် ၁၉ ယကွိုဟိမိလူကဒျှိုဒ့်
ကမ့်ပျာငိုငံဒ်သ်ရှပေ့ဂုံ

上章说到韦麻拉腊西，
将婻帕腊尼带离夜叉住地，
回到自己修行的僧房，
像对待自己的亲生女。

他将婻帕腊尼收留在那里，
他在距僧房不远的地方，
为婻帕腊尼单独建个棚子，
让她住在里面开心生活。

听吧，美丽无比的妹妹啊，
你像湄南荒河中沉底的金沙，
哥哥的故事还没有讲完，
哥哥还要继续讲下去。

听啊，
我最忠实的听众，
我要继续吟唱婻帕腊尼的故事，
我要叙说一段更加动人的乐章。

这段故事非常离奇又感人，
讲天下的有情人婚姻美满，
善良人到头来总有好归宿，
这是佛经所倡导的因果思想。

美丽善良的婻帕腊尼姑娘，
她在养父保佑下生活安康，
她后来找到了如意的郎君，
帕腊尼感受到再婚的温暖。

话说在茫茫的林海另一边,
有一对妖怪夫妻与世无争,
那里是一个宽广的大岛屿,
他们就生活在岸边的森林。

那岛屿很大一望无际,
那岛屿四季鲜花飘香,
那岛屿风光美丽如画,
那岛屿有丰富的宝藏。

那对妖怪夫妻居住在岛上,
究竟生活多少年无法计算,
男妖名叫灭卡达腊,
女妖名叫苏塔雅。

那海岛远离人群与世隔绝,
那海岛只生活着他们夫妻俩,
他们生活安宁无忧虑,
日子平静从不起波浪。

他俩生育有一个男孩,
容貌英俊仪表堂堂,
孩子名字叫术尼塔贡满,
妖怪夫妻把他视为宝贝心肝。

世上生活难得十全十美,
孩子降生给他们带来心烦,
那孩子模样好看却不听话,
他一生下来就不挨近亲娘。

他不吃妖怪母亲的奶水,
任凭你怎么逗他也不买账,
为了孩子不被活活饿死,
夫妻俩寻找其他食物喂养。

他们采摘果子挖来木薯,
把它煮熟加工捣烂,
孩子吃着这些食物,
津津有味特别香甜。

为了让孩子身体结实,
为了让孩子快快成长,
夫妻俩上山打马鹿麂子,
想让孩子增加营养。

这孩子性格孤僻,
对肉食从来不沾,
他宁饿三天三夜也不进肉食,
夫妻俩束手无策一筹莫展。

妖怪父母只好顺其自然,
用木薯芋头做一日三餐,
月换星移过了七年整,
术尼塔贡满健康成长。

他说起话来滔滔不绝,
分析是非不会混乱,
办事周到有条有理,
有经验的大人也比不上。

父母心里偷偷高兴,
意识到儿子非同一般,
长大以后必成大器,
他们决心大力培养。

孩子的饮食是个谜,
不吃肉类究竟为哪般?
父母只好去问儿子,
叫他把原因说端详:

"我的心肝宝贝儿子啊,
我们不知你究竟怎么想?
你是我们的独苗命根子,
希望你吃多吃好体格强壮。

"你为什么不愿进肉食,
连母亲的乳汁也不沾,
水果和薯类固然好吃,
哪比得上禽蛋肉鱼有营养。"

术尼塔贡满听到父母问话,
想要开口却十分为难,
但是父母问话不答也不行,
只好斗胆把心里话细谈:

"我的父母双亲啊,
你们是我的亲爹娘,
你们是孩儿的长辈,
你们过的桥比我走的路还长。

"你们懂的道理非常多,
本轮不到晚辈说短长,
既然父母要我说,
讲得不对请原谅。

"肉类动物有生命,
它们同人类一样,
所不同的是不会说话,
无法表达痛苦和忧伤。

"马鹿和麂子被猎杀,
你说它们会怎么想?
会咒骂人类心狠毒,
残害生灵丧尽天良。

"孩儿一想这些就心酸,
哪还敢将它充饥肠?
一见到肉食就吃不下,
这是孩儿真正的思想。

"有时我看到父母吃生肉,
就觉得你们灵魂很肮脏,
你们还生吞活剥吃人肉,
我更是怕得周身打冷战。

"孩儿生怕染上罪孽,
连母亲的乳汁也不敢沾,
孩儿虽小也懂道理,
请父母能尊重我的理想。"

妖怪听后很是震惊，
想不到亲骨肉竟敢背叛，
但出于对孩子的溺爱，
没有发火反把好话讲：

"孩子是母亲身上掉下的肉，
你不是捡来也并非收养，
你的生活习惯应学父母亲，
吃鱼吃肉应像我们一样。"

术尼塔贡满听后微微笑，
父母的观点他很反感，
人各有志不要强求，
他进一步把心事讲：

"我是父母所生没有错，
我的想法请父母再掂量，
儿怕留下罪孽没好结果，
吃没生命的东西心里无负担。"

妖怪夫妇明白儿子的心事，
他说得有道理便没再发难，
虽然对儿子还是不理解，
又没有理由把他的心扭转。

妖怪夫妻只好作罢，
继续采野果和薯类来喂养，
他们还采来芭蕉和山药，
尽可能去寻找五谷杂粮。

凡是没有生命的植物，
他们的儿子都喜欢，
山上的野果熟了十多次，
术尼塔贡满长成男子汉。

他自己能上山寻找食物，
生活自理不用父母包办，
他还学会种植包谷山药，
不用为觅食天天去爬山。

他后来独自外出行动,
一个人在森林里闯荡,
最后他走到僧房附近,
偶然发现婻帕腊尼姑娘。

两人初次见面一见钟情,
他们非常开心无所不谈,
婻帕腊尼把他带去见养父,
他向帕腊西施礼落落大方:

"尊敬的帕腊西老人家啊,
您的美名在林海里传扬,
您毕生实践佛祖教义,
您是我们学习的榜样。

"您牢记佛祖的教诲,
您老的一生清清淡淡,
您只食野果谷物和木薯,
您日子充实生活美满。

"您的形象非常高大,
人们对您十分敬仰,
您没有烦恼和疾病,
您没有灾害身体健康。

"现在晚辈来到您的跟前,
有件事情想同您商量,
晚辈今年已满十六岁,
我非常喜欢婻帕腊尼姑娘。

"我想同婻帕腊尼结为夫妻,
请允许您的养女做我新娘,
我愿意献出我的全部爱心,
把婻帕腊尼和她的孩子抚养。

"我要精心照顾她母子俩,
风雨同舟共患难,
我们三人一道孝敬您,
让您晚年幸福寿比高山。"

这个满腹经纶的帕腊西,
　　被术尼塔贡满的真诚感染,
　　觉得术尼塔贡满是个好人,
　　认为术尼塔贡满前程无量。

　　　　干柴近不得烈火,
　　　　爱情火焰已点燃,
　　　　　他俩的婚事啊,
　　　　看来已不可阻拦。

　　　　这也许是前世的姻缘,
　　　　他们是今生的一对鸳鸯,
　　　　他们是一对美好的伴侣,
　　　　长辈只能玉成不可拆散。

术尼塔贡满讲话滴水不漏,
术尼塔贡满心诚动人心肠,
　　他求爱之心透明如镜,
　　他的求婚无须再商量。

　　　　这个帕腊西见多识广,
　　　　帕腊西办事十分稳当,
　　　　为确保婚事万无一失,
　　　　他进一步把小青年试探:

　　"善于言词的小伙子啊,
　　　你刚才的话光明正大,
　　　　你想娶我养女为妻,
　　　　祈盼做她的新郎官。

"你想同她共筑幸福爱巢,
　　这是一个美好的愿望,
　　嫡帕腊尼是个好女孩,
　　她忠厚老实心地善良。

"她对人热情温柔可爱,
　　她性格开朗行为端庄,
　　　难得有这样的女孩,
　　　好心肠举世无双。

"然而有件事我得告诉你,
她一生命运坎坷多灾多难,
她曾经结过婚还有个孩子,
她已经不是黄花姑娘。

"她的孩子贺腊满已经十岁,
她的年龄也比你大一半,
这些问题你要想清楚,
这是事实不可逆转。

"她虽说是我的养女,
我视她为亲骨肉一般,
我的孙儿不容人欺侮,
我女儿不许人另眼相看。

"你倘若娶婻帕腊尼为妻,
对她母子要像我一样,
对妻子不能随意打骂,
当后爹要有好的心肠。

"你还得像我一样守戒到底,
五戒八戒牢记心间,
如果你能答应我的要求,
我就把女儿嫁给你。"

年轻英俊的术尼塔贡满,
对帕腊西的话并不反感,
他认为老人家的话有道理,
他再次表明心迹说端详:

"我尊敬的帕腊西养父啊,
您好比天上的红太阳,
您的话句句都在理,
您的话把我的心照亮。

"您要我遵守五戒八戒,
我一生下来就是这样,
虽然我父母都是妖怪,
但我从不挨母亲乳房。

"凡是有生命的食物,
我从来都不会去沾,
这些规矩我都懂得,
您老不必记挂心上。"

术尼塔贡满坦诚相见,
帕腊西从心底里喜欢,
他之所以会深入了解,
为的是女儿婚后美满。

婚姻问题要看缘分,
不到季节花朵不开放,
看来女儿再婚是时候,
帕腊西于是当机立断。

帕腊西终于点头答应,
对女儿婚事着手操办,
他首先为他俩洒滴圣水,
把术尼塔贡满妖气洗光。

术尼塔贡满为此开心无比,
脱胎换骨去掉父母的遗传,
他变得更加英俊潇洒,
他变得更加忠厚善良。

他跪在养父面前道谢,
为他洗掉污垢和肮脏,
感谢养父同意这桩婚事,
期盼能同婻帕腊尼进入洞房。

他拉起婻帕腊尼的手,
两人跪礼感激养父恩重如山,
养父的教诲他们牢牢记住,
养父的恩德他们永世不忘。

接着养父为他俩举行仪式,
把丝线拴在他俩的手腕上,
从此他们成为正当夫妻,
他俩无比高兴心花怒放。

术尼塔贡满带着爱妻儿子，
在帕腊西僧房附近把家安，
他们生活甜蜜和睦相处，
以佛祖戒律为行为规范。

年满十岁的贺腊满，
在继父抚养下健康成长，
他从小就学习劳动做事，
跟随大人上山采摘野果。

他们采摘食物孝敬帕腊西，
祖孙三代欢聚一堂，
帕腊西安心修行积德，
小两口相敬如宾从不吵嚷。

贺腊满十分喜爱大自然，
他在旷野里欢度童年时光，
在雪山林里留下他细小脚印，
在雪山林里有他的笑声回荡。

再说术尼塔贡满的父母亲，
见不到儿子心里不安，
老两口走进森林到处寻找，
始终见不到儿子的踪影。

他们继续耐心寻觅，
从森林的这端找到另一端，
最后终于找到心爱的儿子，
见到儿子住在帕腊西僧房旁。

他们得知儿子已经成亲，
还见到儿媳媥帕腊尼姑娘，
他们也见到了儿媳的儿子，
父母心情沉重不无伤感：

"术尼塔贡满儿啊，
我们的宝贝心肝，
你为什么抛弃了双亲，
来到这么遥远的地方。

"你已经离开海岛多日,
　令父母在家牵肠挂肚,
　　你这孩子真不懂事,
娶媳妇也不先同父母谈。"

术尼塔贡满对父母毕恭毕敬,
　认为父母的批评很恰当,
　　他娶亲之事非常仓促,
便细心解释请二老原谅:

"恩重如山的父母亲啊,
　孩儿此次离家时间较长,
　　让你们二老担惊受怕,
孩儿过错请千万原谅。

"孩儿没有禀报就私订终身,
　这样做确实不大合符规范,
　　但这其中有很大的原因,
婚姻本来就是缘分使然。

"请原谅孩儿不懂事,
　请原谅孩儿的不孝,
　　父母怎么责备都应该,
只求父母宽恕不要为难。

"孩儿非常喜欢婻帕腊尼,
　婻帕腊尼是个好姑娘,
　　我俩结为夫妻非常幸福,
我能娶婻帕腊尼十分理想。"

妖怪父母听了儿子叙说,
　顿时心里头豁然开朗,
　　看到这对夫妻相亲相爱,
也就原谅儿子自作主张:

"儿子啊,你不必伤感,
　你俩结为夫妻我们赞成,
　　父母不会怪罪你的决定,
愿你俩的婚姻日久天长。

"不过父母有一个要求,
你应该带着媳妇把家还,
这是咱们家历来的规矩,
不回家会使父母亲心酸。

"父母还要赠送礼物,
是祖传留下的宝藏,
我们只有你这个独生子,
家产不留给你往哪放?"

术尼塔贡满尊重父母的意见,
把回家的事同妻子和养父商量,
得到妻子的同意和养父支持,
决定带着妻子回家一趟。

美如仙女的婻帕腊尼,
和丈夫一道把婆家还,
他们跟着妖怪父母,
穿过茫茫森林和高山。

经过几天的辛苦跋涉,
他们终于来到大海岸,
来到了风光旖旎的岛屿,
走进妖怪父母居住地方。

父母把他们带进树林中,
来到一个又深又宽的溶洞旁,
他们走进宽敞的大溶洞,
里面金光闪烁一片明亮。

术尼塔贡满首次进溶洞,
第一次领略这迷人景象,
他情不自禁睁大了眼睛,
发现眼前全是珍珠宝藏。

父母说这些都留给他们,
子孙后代八辈子用不完,
作为术尼塔贡满结婚礼物,
全都是他们家族的祖传。

术尼塔贡满收下父母礼物,
对父母的心意没有推让,
父母又为他们举行仪式,
为新婚的夫妻把丝线拴。

术尼塔贡满跟父母住了三天,
又搬进大溶洞生活一段,
父母还拿出祖传宝药,
这又是他们的稀世宝藏。

那宝药神通广大,
那宝药价值无量,
那宝药世上罕见,
那宝药是财富的源泉。

第一颗宝药是白颜色,
如果把它擦在石头上,
石头就会变成白银,
还会发出闪闪的银光。

第二颗是黄颜色,
它的神奇又是另一样,
如果把它放在石头上,
石头立即变成黄金。

父母叮咛术尼塔贡满,
两颗神药要好好收藏,
神药要一代一代传下去,
确保世世代代用不完。

它是永远取不尽的财富,
它好比喷涌的财富源泉,
拥有它就拥有一切,
子子孙孙要好好收藏。

父母送给家传宝物后,
父亲还有绝技高招相传,
他要教给儿子神秘法术,
给他防身自卫不被人侵犯。

父母还为儿子平安祈祷,
父母用手搭在孩儿头上,
轻轻向儿子洒滴了圣水,
祝贺他们新婚幸福美满。

祝福孩儿万事如意心想事成,
祝福他俩未来日子平平安安,
祝福夫妻俩的婚姻永世甜蜜,
祝福他们永离灾害岁岁健康。

两个孩子向父母行跪合十礼,
依依不舍向父母辞行,
然后带着父母送的礼物,
一块返回雪山林。

他们走了三天又三夜,
回到了阔别多日的地方,
见到了仁慈的养父,
见到可爱的儿子贺腊满。

术尼塔贡满非常懂礼节,
先向养父帕腊西问候请安,
他们向帕腊西行跪合十礼,
把此行经过详细对他谈。

他还拿出父母送的礼物,
那是珍珠宝贝成千上万,
把宝贝摆在老人家面前,
让帕腊西和儿子共同观赏。

术尼塔贡满回来没有休息,
马不停蹄建盖新楼房,
他砍来木料和竹子,
新盖的楼房舒适漂亮。

术尼塔贡满带着爱妻和儿子,
住进宽敞明亮的新楼房,
他们尽情享受勤劳果实,
他们全家和睦心情舒畅。

术尼塔贡满非常勤劳,
他在楼房旁开荒种食粮,
他种植瓜果木薯和芋头,
还栽种玉米和稻秧。

收获的粮食自己享用,
还把养父来赡养,
三口人十分孝敬养父,
夫妻俩疼爱儿子贺腊满。

他们在那里没有烦恼愁肠,
不愉快的事情都一扫而光,
勤劳的婻帕腊尼总闲不住,
她协助丈夫挑起家庭重担。

她自己种植棉花,
用来织布做衣服穿,
全家四口衣着布料,
她一个人全部包办。

连养父念经用的盖头布,
她也自己制作不用人帮忙,
她还给儿子做挎包装钱币,
小儿子背着挎包像模像样。

术尼塔贡满经常一个人进城,
去购买盐巴和食粮,
他来去飞行非常快捷,
翻个跟斗十万八千里。

他能挑起小山样的担子,
几百个人要搬动也困难,
他力气之大远近闻名,
他聪明能干美名传扬。

他还会煮好吃的饭菜,
把香喷喷的饭菜给养父品尝,
养父对术尼塔贡满非常喜爱,
这都是前世积德今生来补偿。

贺腊满面容像小猴子，
身上的毛须闪着金光，
他整天背着小挎包，
衣着漂亮配搭恰当。

他的力气确实非常大，
一人能敌过十头大象，
他能腾云驾雾飞上天，
聪明灵敏获得父辈遗传。

他的本领是帕腊西传授，
外公是林中仙僧身手不凡，
外公本领小贺腊满全学到，
小贺腊满的技艺远近传扬。

小贺腊满每次进城，
都会引来众人围观：
"这个小孩非同一般，
可能是天上神仙下凡。"

帕腊西一家的故事，
就这样一代代往下传，
人们把故事记在脑里。
人们把故事写在经书上。

术尼塔贡满的故事，
我就先唱这么一段，
当故事结束的时候，
请别把前面的情节遗忘。

术尼塔贡满娶了㛠帕腊尼，
㛠帕腊尼的命运发生好转，
她同丈夫和养父住在一起，
他们的日子平静生活美满。

佛祖世尊讲完这段故事，
对众比丘和释迦族们说：
"众比丘啊，
请你们听仔细别遗忘。

"灭卡达腊儿子叫术尼塔贡满,
他娶美丽的婻帕腊尼做了爱妻,
婚后两人生活幸福互敬互爱,
他俩服侍养父养育儿子贺腊满。"

第十九章

第二十章
夜叉混战为美女
天王动怒惩元凶

ပု ဓ် ၂၀ မြွေယက္ခီပက္ခဲသျိပ်ဒ္ဒ
ဧဖုဆေ့ဂ်ိုဉ်ဒ္ဒသျိယက္ခီဘွမ

现在故事的话锋要转向,
我要讲韦图腊魔鬼的凶残,
魔鬼无恶不作恶贯满盈,
犯下的罪行三天三夜讲不完。

自从得知婻帕腊尼再婚,
魔鬼妒火中烧心里不安,
他垂涎婻帕腊尼的美貌,
他要把婻帕腊尼霸占。

婻帕腊尼曾受他欺骗,
糊里糊涂同魔鬼上床,
他想重温旧梦,
他一厢情愿痴心妄想。

魔鬼把婻帕腊尼当成前妻,
来到术尼塔贡满夫妇居住的地方,
魔鬼大吵大闹还口出狂言,
他对术尼塔贡满大喊:

"你这个胆大包天的小子,
你竟敢抢走婻帕腊尼姑娘,
她是我最爱的妻子,
你公然把她给霸占。

"你这个不要脸的男人,
你快把我的妻子归还,
否则我要你的小脑袋,
要死要活自己看着办。

"你是个不要脸的骗子,
拐骗别人妻子不像样,
我还没有同她离婚,
你怎么可以与她同房?

"我同婻帕腊尼非常恩爱,
她受你的欺骗才会上当,
我现在要把老婆领回去,
你若执迷不悟后悔太晚。

"你把妻子归还我不怪罪你,
你若不听劝告就没好下场,
你如果惹我生气,
我将把你们彻底消灭。"

术尼塔贡满听了魔鬼狂言,
牙齿咬得咯咯响,
他早已知道魔鬼底细,
容不得他如此嚣张:

"你这恶贯满盈的刽子手,
快点收起你的伎俩,
你杀了人家的丈夫,
如今还来撒野逞凶狂。

"你夺人所爱还装成个好人,
婻帕腊尼已彻底把你看穿,
我同婻帕腊尼是真心相爱,
我们结为夫妻才最正当。

"你想夺走婻帕腊尼是妄想,
你先撒泡尿把自己照照看,
如果婻帕腊尼能答应嫁给你,
我绝不挽留可以把她奉还。

"你如果知趣的话就快走,
再赖下去绝没你的好看,
如果要杀要打随你的便,
到时候恐怕不是你说了算。

"你别以为你的武艺高强,
你忘了我也是个男子汉,
你先打听我爹是什么人,
难道他的儿子不会打仗?!

"谁是英雄谁是狗熊,
不信你就来比比看,
别以为我的年纪小,
比试了就知道谁是硬汉。

"我还必须提醒你,
这里究竟是谁的地盘,
你简直荒唐到了极点,
竟然敢在我面前猖狂。

"我劝你快点走开,
想抢我的妻子没好下场,
你应懂得有来无回是何意,
到时候你无处躲也无处藏。"

双方相互对骂不相让,
你一言我一语对着骂娘,
对骂了半天分不出输赢,
只好分手去把救兵搬。

术尼塔贡满把消息禀报父王,
气得老父亲火冒三丈,
若有谁敢欺侮他儿子,
一定把他剁成肉酱。

老妖王调来三万妖兵,
带上神弓全副武装,
连夜赶赴儿子住地,
全面戒备保护儿子平安。

韦图腊也匆匆赶去找哥哥,
谎报事情歪曲真相,
布塔魔王听到弟弟禀报,
气得咬牙切齿怒发冲冠。

布塔魔王立即行动，
调来三万妖兵妖将，
他们日夜兼程赶路，
大兵压境到达雪山林。

双方在草房前面对峙，
谁也不怕对方的力量，
战斗一触即发，
雪山林的气氛非常紧张。

术尼塔贡满的父亲亲自挂帅，
韦图腊的哥哥坐镇点将，
灭卡达腊叫儿子别害怕，
布塔王叫弟弟不必紧张。

术尼塔贡满让父亲放心，
他一定能够打胜这一仗，
他要父王照顾好母亲，
免得他惦记把精力分散。

威武勇敢的术尼塔贡满，
全副武装冲锋上战场，
他身披盔甲挎上宝剑，
一跃而起飞上云端。

他英勇杀魔显神威，
杀得魔鬼魂飞魄散，
死的死来伤的伤，
一时间死尸遍山梁。

术尼塔贡满这边士气高昂，
擂鼓助威喊声震天响，
敌军兵败如山倒，
纷纷举手缴械投降。

韦图腊不甘心失败，
冲上去再受重创，
术尼塔贡满一鼓作气，
杀得敌军哭爹喊娘。

术尼塔贡满打胜仗的原因，
　　有儿子贺腊满帮大忙，
　　贺腊满使用神弓宝剑，
杀起敌人来就像切瓜瓤。

术尼塔贡满虽然打胜仗，
　　他的士兵也有伤亡，
　　两军对打非常激烈，
平静的雪山林变成战场。

　　　　尸横遍野，
森林变成血的海洋，
　　厮杀声震天动地，
哀号声在林海里回响。

弓箭把树木拦腰射断，
大树横七竖八不成样，
　　成群战马倒地抽搐，
战死的还有不少大象。

贺腊满挥动宝剑英勇无比，
　　他要为生父报仇雪恨，
　　他好像一个成熟的大汉子，
　　　　显示出强大的力量。

被他杀死的敌人不计其数，
他射一箭敌人就人仰马翻，
妖军没有一个是他的对手，
　　妖军见到他就心惊胆战。

贺腊满和其他人不一样，
　　他的深仇大恨满胸膛，
　　他要为死去的父亲报仇，
　　　　誓将妖匪消灭精光。

他不仅善战还能攻心，
　　他能分化敌人的力量，
　　他边杀敌边大声喊话，
　　　　布塔对他一筹莫展。

"妖匪们你们给我听着,
你们的命不要白丧,
你们被人骗来卖命,
赶快放下武器投降。

"如果你们不怕死的话,
就斗胆冲上来较量,
我要把你们杀得片甲不留,
看你们还敢不敢顽抗。"

妖匪听到他的喊话,
个个闻风丧胆,
聪明的妖兵赶快放下武器,
胆小的妖兵抱头鼠窜。

韦图腊的阴谋眼看被识破,
但他还妄想继续反抗,
他急忙躲藏到密林里,
贺腊满的兵紧追不放。

眼看贺腊满冲杀过来,
为保存性命他狗急跳墙,
他一跃逃奔往天上,
到天庭禀报天神。

韦图腊的居心不良,
他想借助天神力量,
请天神出面制止战争,
以保存他的残兵败将。

"大事不好了天神,
大地正在爆发战争,
森林被大片烧毁破坏,
正在遭受毁灭性灾难。"

天神听后频频点头,
他立即起程下凡,
去处理人世间的纠纷,
天神手持金箍棒飞到森林上方。

天神一到森林上空，
就下令地面的人停战，
倘若他们不听劝告，
一个也无法动弹。

地面的妖兵们听到天神驾到，
一个个都像棉花一样瘫软，
他们疲乏不堪瘫倒在地，
不得不停战放下了刀枪。

天神并不是个糊涂官，
双方停战后他了解情况，
他要分清是非曲直，
把引发灾害的祸首宣判。

"你们都有各自地盘，
为何在此打仗？
打起仗来没好结果，
大片森林遭受灾难。"

见大家都闷声不吭气，
术尼塔贡满的父亲只好把话讲，
他把战争的来龙去脉，
向天神细述端详：

"起因都是为了一个女人，
她是我儿媳婻帕腊尼姑娘，
韦图腊想抢占为妻子，
我们不同意便爆发大战。"

天神听完了禀报，
立即作出正确宣判，
他指责韦图腊魔鬼，
是这场战争的罪魁祸首。

韦图腊是个罪恶滔天的魔鬼，
他杀夫夺妻不成又变换手段，
欺骗婻帕腊尼同他结婚，
可怜的婻帕腊尼与仇人同床共枕。

当婻帕腊尼明白事情真相,
逃离魔掌到帕腊西那里避难,
帕腊西拯救了她,
把她当做自己的姑娘。

后来术尼塔贡满见到她,
一见钟情喜结良缘,
韦图腊因此恼羞成怒,
发动这场非正义之战。

韦图腊的所作所为,
罪大恶极丧尽天良,
一是杀死一条生命,
二是霸占别人妻子。

这场战争损失惨重,
全都要韦图腊赔偿,
天神于是当众作出决定,
韦图腊跪在地上听候宣判。

"韦图腊杀人丈夫罪大恶极,
按天规向婻帕腊尼赔黄金万两,
发动这场战争死伤大批妖兵,
向死难家属赔黄金十万两。

"韦图腊若服本神判决,
只赔黄金可免死刑,
如若不服本神判决,
本神将把他押解上天堂。

"到天堂的断头台上,
必将把他碎尸万段,
然后丢进滚烫油锅,
从此不得投胎生还。"

韦图腊听后面如土色,
对天神判决不敢违抗,
他乖乖地拿出黄金赔偿,
又听候天神进一步处理。

天神进一步宣布:
"为了惩治韦图腊的贪婪,
为不让他今后再欺侮良民,
决定把他那双罪恶的手砍断。"

双方的妖民听天神的宣判,
个个如梦初醒明白真相,
破口大骂韦图腊狠毒,
说他是个罪恶累累的大流氓。

有的妖民骂他心狠手辣,
杀死别人丈夫还把肉吃光,
又装成好人霸占别人的妻子,
这样的魔鬼不能活在世上。

妖兵们还私下里议论纷纷,
说他是个小人不是男子汉,
为了个女人付出如此代价,
是一个没有出息的大妖怪。

众妖还强烈要求天神,
这样的处理还不够分量,
杀人本来应该偿命,
不能让他轻易过关。

韦图腊的民愤太大,
天神听后暗自思量,
想了一会他改变主意,
又把刚才的决定推翻:

"引起这场大混战,
韦图腊是个大战犯,
不少好兄弟变成仇人,
和睦家庭弄得支离破碎。

"韦图腊是万恶的根源,
韦图腊的罪恶铁证如山,
不杀了他不足以平民愤,
我宣布砍他脑袋碎尸万段。"

有的妖兵为此欢天喜地，
手抱肚子笑得前仰后合，
有的笑掉了长长的大牙，
有的笑得泪珠往下淌。

众妖欢欣鼓舞，
都盛赞天神处事有方，
处治恶魔天下才能太平，
人世间才会普照阳光。

天神最后劝告大伙儿回家，
不准再惹是生非找麻烦，
和和睦睦各过各的日子，
天下太平才能国泰民安。

众妖都听天神的话，
纷纷起程离开战场，
各自返回各自森林里，
心平气和冤仇消散。

术尼塔贡满和贺腊满父子俩，
赢了官司又打了胜仗，
他们高高兴兴回到营地，
同帕腊西把天伦之乐共享。

大家受到这场战争的启迪，
更觉得佛祖的教义意味深长，
他们更加严格按五戒八戒去做，
永远走正道不做损人的勾当。

此后雪山林恢复往日平静，
贺腊满又像往常一样，
每天去找山薯和野果回来，
侍候帕腊西和自己的爹娘。

有时他也会带上金银，
飞到人间去换取大米和盐，
他就这样辛勤地赡养着长辈，
日复一日从不间断。

这段故事到此为止,
更精彩故事我要接着唱完,
这故事经书里有记载,
它的名字叫做魔鬼之战。

第二十一章

牛王肆虐逞凶狂
格西姑娘斗凶顽

听吧，如鲜花般美丽的姑娘，
　　现在我要吟唱一首新歌，
它讲的是关于宝角牛的故事，
这故事非常复杂如弯曲江河。

这宝角牛的父亲长有三只金角，
　　它横行霸道犯下滔天罪恶，
　　　这故事源于远古时代，
究竟有多少年经书里没说。

相传那金角牛是牛魔大王，
它的角像黄金一样闪耀光芒，
　　它是一头剽悍的公水牛，
它发淫威时众母牛会吓破胆。

公牛身体高大又强壮，
它的力气能敌过七头大象，
公牛的角像大树桠有几丈长，
　　打架时能把对方顶翻。

公牛性情暴躁蛮横不讲理，
强行把五百头母牛霸占为妻，
　　五百头母牛整天围着它转，
供它寻欢作乐还要被它管。

每天有几十头母牛怀孕，
每天有几十头母牛生儿育女，
每天有几十头母牛经受磨难，
　　每天有几十头母牛在哭泣。

母牛生产时它会密切监视,
如果生公牛时它就发大火,
它会用蹄子将牛犊活活踩死,
牛犊一离开母体就不让成活。

如果母牛生下雌牛犊,
它会上前呵护唱赞歌,
等到小母牛长大后,
又变成它的小老婆。

它整天不停地淫乱为非作歹,
它的老婆与日俱增越来越多,
谁不顺从它就用金角猛挑,
母牛们忍气吞声无可奈何。

这头公牛疯狂至极,
人遇到它只会摇头叹气,
它见到人也会乱挑,
人们躲避它像躲避瘟疫。

后来有一头母牛,
四只蹄子像翡翠玉石一样光亮,
它已怀有身孕深感忧虑,
担心生头公仔被踩成肉酱。

它的肚子一天天隆起,
公牛的目光在它身上打转,
看到公牛那凶狠的眼神,
母牛心里更加忐忑不安。

想到不久自己将分娩,
它整天眼泪汪汪:
"我未来可怜的孩子呀,
妈妈担心你能否活在这世上?

"但愿你是一头母仔,
免得一出世就被你父亲弄死,
我不忍心见到这种悲惨景象,
为了可怜的孩子我该怎么办?"

它想保护小牛的生命,
它想让小生命能成活,
它决定躲开公牛生孩子,
不忍心亲骨肉遭残害。

大母牛于是逃进大森林,
去寻找隐蔽的场所,
它突然发现一条小溪流,
仿佛像一条金水河。

溪水流进一个大溶洞,
金水从溶洞缓缓流过,
溶洞内流光溢彩,
好像熊熊燃烧的烈火。

溪水流到外面与阳光相映照,
色彩斑斓如烂漫山花千万朵,
那儿有一口天然的水井,
井水像镜子一样泛银光。

大母牛饮了这口水井的水,
倍觉清爽从嘴里凉到心窝,
饮水后它神志恍惚昏昏欲睡,
美妙的梦幻从脑子里晃过。

大母牛又往溶洞里走去,
奇异的景象越来越多,
它发现洞内有大量奇珍异宝,
有许多华丽的绸缎和金帛。

从此母牛住在溶洞不离去,
后来生下头公牛犊十分活泼,
牛犊头上长着宝角力气大,
宝角可以把高山铲成平坡。

石头山被它的宝角一挑,
巨石粉碎满天飞落,
这头宝角牛真奇怪,
宝角每天摩擦也不会破。

它的宝角越磨越锋利,
磨角的响声震动山河,
它用宝角每天挑巨石,
铲平了附近几个大山坡。

宝角牛一天天长大,
有一天它突然问妈妈:
"为什么我们住在这地方?
为什么我从来没见过阿爸?"

牛妈妈将不幸往事对儿子讲,
宝角牛听后气得火冒三丈,
说它现在已长大要去报仇,
要到牛群里找金角牛算账。

牛妈妈也很想报仇雪恨,
想答应它却又不敢贸然,
它担心儿子年纪尚小,
经验不足会把命丧。

"孩子啊,这绝对不行,
你阿爸非同一般,
它的力气比你大,
它的武艺比你强。

"再说它是你的亲阿爸,
要下毒手恐怕你不敢,
它不爱惜自己的儿子,
你只会吃亏难打胜仗。

"它有狠毒的牛角,
只怕你对它左右都难防,
妈怕你的眼睛被挑瞎,
又担心你的筋骨被挑断。

"你那狠毒的爹会要你的命,
你被打死了叫妈怎么办?
你千万不可以轻举妄动,
一定要耐着性子细思量。

"现在你的前面有棵橄榄树,
上面结满橄榄如星星一般,
你用这树上的果实为目标,
练习你的动作机灵和敏捷。

"你用力去碰撞橄榄树,
果实掉下时你用角去接住,
要做到准确无误万无一失,
不让果实砸着头往水里钻。

"你的动作要非常敏捷,
否则别去同你爸对抗,
你就耐心好好练习,
水到渠成不要匆忙。"

宝角牛按阿妈的要求做,
天天去把橄榄树碰撞,
树上掉下的果实用角接住,
再用力甩到河岸上。

那一颗一颗的橄榄果啊,
在角上滚动如同珍珠落玉盘,
宝角牛的功夫不简单,
树上果实全被它撞落用角接住。

宝角牛接完果实又来问阿妈,
牛妈妈见到儿子从心底里喜欢,
它于是带着儿子下了石头山,
到平坝草地上找金角牛清算。

它们来到坪坝上一看,
那情景同以前没两样,
金角牛管制着众母牛,
继续作威作福肆无忌惮。

金角牛见到了宝角牛,
两眼露出凶狠的目光,
它一个箭步冲上前去,
想一角让小公牛把命丧。

金角牛冲刺的脚步声,
如同巨雷轰鸣震天响,
河边上的母牛被吓呆,
一时间大地激烈震荡。

眼看金角牛就要挑着小公牛,
宝角牛却显得不慌不忙,
它很有礼貌地向金角牛作揖,
先礼后兵将肺腑之言对它讲:

"爹啊,我是你的儿子,
请你看在父子的名分上,
我求你不要再作孽,
不要为非作歹骨肉相残。"

小公牛好心好意的劝告,
并未打动金角牛的心肠,
它一心想独霸所有母牛,
根本没把亲生骨肉放心上。

它依然凶狠地冲上前去,
想一蹄把小公牛踩进泥潭,
它扬起锋利的牛角,
想把小公牛的肚皮挑穿。

看到金角牛的凶狠样,
宝角牛迎战不慌不忙,
它装成若无其事的样子,
根本看不出有半点紧张。

小公牛慢慢扬起头,
两只宝角尖闪着寒光,
它摆出招架的姿势,
看不出有进攻的迹象。

两头牛都有高强的本领,
彼此之间互不相让,
它们于是展开角斗,
父子俩头对头猛力相撞。

接着是角对角较劲,
噼噼啪啪如雷鸣电闪,
震荡得河水停止流动,
扬起的灰尘弥漫天地。

父子俩一进一退展开搏斗,
碰撞声令众母牛胆战心惊,
两头公牛互相拼命扭打,
从草地滚进烂泥潭。

它们从平坝打到山脚边,
从山顶又打到平坝草地,
从太阳高照打到日头西落,
又从黑夜打到天空发亮。

父子俩都累得气喘吁吁,
父子俩大汗淋漓口水淌,
彼此都已显得体力不支,
彼此之间却又不肯相让。

宝角牛一鼓作气再作战,
老公牛显得疲惫不堪,
小公牛把老公牛的角扭住,
老公牛一下子无法动弹。

老公牛只好往后退,
退进丛林借树抵挡,
小公牛乘胜追击,
老公牛左躲右闪。

蛇藤叶被碰撞纷纷掉落,
小公牛迅速用宝角接住,
蛇藤叶堆满宝角牛的头,
小公牛顿时浑身有力量。

蛇藤叶大显神威,
小公牛越斗越强,
神力帮助宝角牛,
金角牛溃败逃窜。

金角牛终于掉进水沟,
小公牛没有紧追不放,
金角牛在沟里不停喘气,
稍事休息后又恢复力量。

它脚一蹬跃出水沟,
继续与小公牛打仗,
它用角猛刺儿子,
又用头对它猛撞。

父子俩整整搏斗三天三夜,
三天三夜平坝上失去阳光,
金角牛终于体力不支,
被小公牛推倒四蹄上扬。

看啊,金角牛的舌头,
伸出嘴外好长好长,
看啊,金角牛的眼睛,
睁得圆圆闭不上。

老公牛躺在地上直喘粗气,
不一会它断了气无法动弹,
平坝上响起母牛的欢呼声,
庆贺牛儿斗败牛爹打胜仗。

母牛们围在一块议论,
夸奖宝角牛技艺高强,
母牛们围在一块议论,
把宝角牛的神力夸奖。

大家认为宝角牛有圣水洗头,
确保精力旺盛永不疲倦,
那圣水是用蛇藤炮制而成,
它的神力之大无法估量。

用蛇藤水洗头祈祷,
神威倍增令敌人丧胆,
能增强力气愈战愈勇,
能化险为夷消除灾难。

原来只懂得用蛇藤水洗头清洁,
殊不知它还有如此神威力量,
母牛们增长见识感慨万千,
这种习惯便被傣家人代代相传。

再说天上的丢瓦拉众菩萨,
在高空观看牛父子打仗,
看到小公牛打败金角牛,
不禁对宝角牛啧啧称赞。

称赞小公牛大义灭亲,
称赞小公牛打仗勇敢,
指责金角牛罪大恶极,
应把老牛尸体丢进滚烫油锅。

小公牛听到菩萨夸奖,
心里头感到欣慰异常,
听说要煎熬恶贯满盈牛父,
它拍手称快认为此举正当。

平坝上迎来太平曙光,
平坝上出现热闹景象,
此后牛群得到迅速繁殖,
不管公母都存活生长。

自从宝角牛击败了金角牛,
牛群自由交配健康发展,
吃尽苦头的母牛们啊,
自然生息为人类作贡献。

智慧的康朗引经据典说:
"世间的人不要造孽,
自己犯下的孽,
来世定会遭报应。

"如同金角牛那样,
造下残杀小公牛的孽,
最终得到了报应,
死在了儿子宝角下。"

战胜父亲的宝角牛，
成了牛群的首领，
它从不伤害任何一头牛，
不论生下是雌是雄。

在宝角牛的统领下，
牛群一天天壮大，
它们悠闲地吃草，
它们在一起玩耍。

宝角牛统领着牛群，
到处寻找肥美的草原，
经常出没于森林，
现身在坝子边缘。

它们走进平坝村寨，
帮助农民种地耕田，
牛群从五百头发展到一千头，
成为农民犁田耕地的主力。

耕牛没有人聪明，
不懂得人类的意向，
有时会吃掉庄稼，
农民只好在田头围起篱笆。

农民也爱惜耕牛，
让它们饿肚子耕田也不行，
人们割来鲜嫩的青草，
把耕牛喂得膘肥体壮。

耕牛看到庄稼长得好，
认为自己没有白流汗，
看到稻子开花又抽穗，
一头头乐得笑哈哈。

农民有耕牛帮忙，
耕作起来方便省力气，
庄稼年年喜丰收，
农民同耕牛结成好伙伴。

随着耕牛迅速增多,
草儿不够吃庄稼遭殃,
农民于是又犯愁,
这样下去怎么办?

人们聚在一块商议,
认为应该控制耕牛数量,
若耕牛继续同人争粮食,
人类有可能闹饥荒。

人们经过反复考虑,
统一了减少耕牛的意向,
人们要屠杀耕牛当肉食,
便纷纷找来刀斧和棍棒。

耕牛听到消息之后很气愤,
到地里毁坏庄稼以示反抗,
耕牛们还准备同人搏斗,
一场人牛大战从此打响。

有的说把耕牛统统赶走,
有的说把耕牛全部杀光,
人们决定要屠杀耕牛,
这决定立刻在村寨里传开。

耕牛知道要被屠杀,
咒骂人类丧尽天良,
它们成群结队聚在一起,
要同人类拼死决战。

它们先是窜进稻田里,
把青青的禾苗吃个精光,
禾苗吃不完还用蹄子践踏,
好端端的庄稼凌乱不堪。

耕牛见到人就拼命追赶用角挑,
不管老人小孩还是小伙子和姑娘,
有一次耕牛挑死了国王的女儿,
这个悲惨的事件轰动全傣乡。

人类不得已改进攻为防卫，
宰杀耕牛不再用刀斧和棍棒，
人们使用弓箭远距离射杀，
全力铲除耕牛有生力量。

不论是河边山道或路口，
都设置强壮男子放哨站岗，
见到耕牛就通报，
一头不留全杀光。

一时间牛成为人的大敌，
谈牛色变的说法不夸张，
疯狂的水牛力气特别大，
人们见到后都惊恐万状。

有的人躲进水沟里，
有的人爬到竹楼顶，
大人吓得又哭又闹呱呱直叫，
小孩子们吓得叫爹又叫娘。

人们把牛视为可怕之物，
人们把牛害视为大灾难，
人们用弓弩射杀不顶用，
担心人类会被耕牛灭亡。

牛群的首领叫宝角牛，
它的名气已威震四方，
如果谁能逃脱它追击，
算是命大过了鬼门关。

牛群在宝角牛的带领下，
威风凛凛没人敢正面看，
牛群把庄稼踩得稀巴烂，
整个傣乡变得一片荒凉。

从此村寨里不敢再住人，
农民只好逃进城里去避难，
人们到处寻找勇敢的人，
寻找刀枪不入的男子汉。

后来连城里人也害怕，
只好在城四周筑起高墙，
城门都有男子汉把守，
把守的男人日夜轮换。

垒起的围墙有一丈高，
人们又担心牛把墙顶翻，
于是把文身男人全集中，
用来吓唬水牛不敢来进犯。

可惜文身的男人不抵事，
见到水牛吓得抱头逃窜，
各种绝招全都拿了出来，
没有一样能除牛患。

人们从此不敢再出门槛，
粮食失收生活困难，
那个地方名字叫勐空沙，
国王站立城头仰天长叹：

"不知哪里能找到英雄汉，
有回天之力而且勇敢，
把所有的牛害都消除，
确保傣家人永世平安。

"我忠实的大臣们啊，
你们为何像笨猪一样，
需要你们出力的时候，
你们却连屁也不敢放。"

老国王说完后踱着方步，
看得出他心里十分恐慌，
他闷闷不乐走出又走进，
却始终拿不出好的主张。

老国王不得已只好宣布，
公开悬赏奖励黄金万两，
奖励除掉牛害的有功者，
不管平民百姓或者大官。

头人派出手下大臣,
走街串巷到处宣传,
大臣走遍全国各地,
全国没人敢领令状。

勐空沙百姓见到此情景,
不禁伤心落泪无限悲伤,
人们哭天喊地坐以待毙,
像树上知了鸣叫无奈一样。

就连平常威风的武士们,
也摇头叹气不敢再逞强,
这偌大的勐空沙国家啊,
究竟谁是拯救百姓的英雄汉?

这时有个美丽的小姑娘,
她头戴花朵秀发如青苔,
姑娘的名字叫做婻格西,
她性格文静举止很大方。

她独自一人在田野里漫步,
她那圆圆的脸蛋像十五的月亮,
她两腮红润像雨后的彩虹,
她细腰挺胸像一只金凤凰。

她摘下一朵玫瑰插在发髻上,
就像金孔雀伫立湖畔,
那饱满嫩红的手指头,
如同成熟的金香蕉一样。

她看到成千上万的百姓遭殃,
她看到勐空沙即将国破人亡,
她看到田野里一片荒芜,
她看到水牛把稻苗吃光。

她心如刀绞,
她忐忑不安,
她决心拯救百姓,
自己牺牲又何妨?

她于是穿上一条花裙子,
身材显得更加窈窕美观,
一格一格的方格花布啊,
就像密密的树叶照进阳光。

她又穿上紫色的花布上衣,
那是妈妈买给她的衣裳,
她好像要出远门,
对自己精心打扮。

她准备去斗牛除害,
她没有带助手和刀枪,
她从城里走到城外,
独自一人在野外张望。

水牛见到她就奔跑过来,
想一蹄把这弱女子踩烂,
姑娘伸出两只细嫩的手,
上前死死扭住牛角不放。

水牛角咯咯响像要脱落,
痛得那水牛哞哞叫嚷,
水牛角钩破姑娘上衣,
露出嫩白的肌肤和乳房。

水牛接着猛刺姑娘,
姑娘一步也不退让,
她紧抓牛角朝上扭,
笔直的牛角被扭弯。

远古的牛角都笔直,
自此变形不再恢复原状,
牛角为什么会变弯,
全因为婻格西姑娘的力量。

角被扭弯的水牛更加气愤,
又冲过来想把她肚皮挑穿,
姑娘一个人斗不过大水牛,
又再次抓住牛角不放松。

水牛把姑娘的衣服全挑烂,
将她活活踩死在草地上,
美丽的嫡格西满脸鲜血,
躺在草地上像睡莲一样安详。

宝角牛自此才罢休,
带着牛群奔上山冈,
在山里专门啃食茅草,
不再到水田里毁稻秧。

人们看到姑娘已经牺牲,
把她运回村寨洗干净厚葬,
人们用最美的花果献给她,
用最漂亮的花布给她换上。

村里为她举行隆重葬礼,
恸哭声惊动天上的神王,
神王派神仙把她接上天堂,
让她过上神仙日子安康吉祥。

这故事至此告一段落,
讲了人牛分合的情况,
讲了牛角变弯的缘由,
这故事记载在贝叶经上。

听吧,花蕾一样鲜艳的姑娘,
嫡格西的故事还没有讲完,
她为勐空沙人民献出了生命,
她的牺牲精神人们永世不忘。

水牛虽然把嫡格西挑死,
姑娘的事迹却永远流传,
全勐的人为她伤心恸哭,
她的形象活在人们心上。

傣家妇女原来很软弱,
自此以后变得很坚强,
她们像男人一样下地干活,
男人能做的事她们也能干。

　　　　为了纪念婻格西姑娘，
　　傣家女子都仿效她穿的衣裳，
　　缝大领口上衣露半截胸脯，
　　　显示出女子的健美和强壮。

婻格西牺牲的情景人们永不忘，
她像只美丽的金孔雀展翅翱翔，
她的灵魂纯洁如清清的山泉水，
她的音容笑貌永留人们的心房。

　　　　婻格西轻轻地飞到天庭，
　　　　天神也被她的精神感染，
　　　　为她举行盛大欢迎宴会，
　　　　将她的事迹大力颂扬。

　　　　人们把她的故事写进经书，
　　　　　供后人世世代代传扬，
　　　　　她的故事流传至今，
　　　　　感动听众千千万万。

　　　　　如果按照佛经的记载，
　　　　　宝角牛的故事还没完，
　　　　　上面讲的只是一部分，
　　　　　我要接着继续往下唱。

　　　　　话说宝角牛逃进深山，
　　　　　仍然十分骄横和凶残，
　　　　它带领牛群住进箐沟里，
　　　　把大片森林践踏不成样。

　　　　　　森林里乌烟瘴气，
　　　　　　宝角牛四处破坏，
　　　　连神仙休闲游玩的花园，
　　　　它也毫不客气照样摧残。

　　　　　　它那双锋利的牛角，
　　　　　似乎没事做闲得发痒，
　　　　　它见到什么都要挑，
　　　　　美丽的花卉被挑个稀烂。

观世音从天上往下俯瞰,
对它的行为很反感,
呵斥它不许搞破坏,
它我行我素不服管。

"你这个没教养的畜生,
你忘记你父亲的下场,
你实在太骄横太霸道,
同你父亲的秉性一样。

"你要记住强中更有强中手,
收拾你的人很快就会出场,
他的名字叫做帕板捧麻典,
他专治你们这类大坏蛋。"

帕板捧麻典是勐迦湿的国王,
他是风火神降世早已闻名四方,
他的曾祖父是捧麻纳拉扎,
世界上要数他武艺最高强。

宝角牛听了天神的话,
自以为是全不放心上,
父亲的教训它不吸取,
一脉相承劣性更膨胀。

"你这守山野的观音菩萨,
有何资格对我说长道短,
你有本事就来与我比试,
看你厉害还是我的本领强!"

观世音听了宝角牛的话,
觉得它幼稚可笑又可叹,
她不想跟它多磨嘴皮,
但有必要向它讲道理:

"小兄弟啊你听我讲,
俗话说山外还有山,
别以为这座山的树儿最高,
须知那座山的树比它更强壮。

"帕板的本领有多高,
我无须对你细讲,
现今世上无敌手,
不信你就等着看。

"他最好管天下不平事,
喜欢找强手挑战,
像你这样的货色,
必定会被他剁成肉酱。"

宝角牛听后哈哈大笑,
说她只会吓唬小姑娘,
它一身力气正无处使,
正等着帕板捧麻典来较量。

"勐空沙的人已被我打败,
又冒出个勐迦湿王?
帕板究竟是哪来的小蚂蚱,
我倒很想同他比试一番。"

宝角牛说后带着牛群离去,
对菩萨的劝告它全不放心上,
它们悠闲自得边吃草边玩耍,
不知不觉走到平坝的另一端。

宝角牛走到坝子王城外,
大摇大摆趾高气扬,
它大声向城里发话,
向城头的大臣挑战:

"喂,你们给我听着,
我是大名鼎鼎的宝角牛王,
如果你们的帕板有真本领,
就叫他出来同我比比看。"

大臣听到宝角牛的喊话,
觉得口气太大不可思议,
这小子脑子可能有问题,
竟敢向帕板捧麻典来挑战。

大臣看了宝角牛一眼,
骂它如此傲慢太狂妄,
大臣急忙跑进王宫里,
把消息禀报帕板捧麻典王。

"举世无双的大王啊,
有一头牛在城外叫嚷,
说是想和你比试高低,
看谁的本领更加高强。"

帕板捧麻典听到大臣的禀报,
顿时眼冒金星火冒三丈,
他立即穿上仙鞋和佩上宝剑,
准备出城看宝角牛什么样。

他腾云驾雾飞上天空,
"哗"的一声降落在地面上,
他一把扭住宝角牛的角,
先发制人给它点厉害看。

帕板使出全身力气,
宝角牛却像没事一样,
宝角牛企图挣脱帕板的双手,
帕板也死死扭住不放。

双方足抵地面来回转动,
相持整整一天半,
帕板捧麻典突然松手飞上天,
接着拔出宝剑刺向对方。

宝角牛快速躲避,
不让利剑刺在自己身上,
帕板又一次飞跃而起,
迅速骑在宝角牛背上。

他随即抽出利剑向前刺,
打算刺入宝角牛的脖颈,
孰料宝角牛跳跃狂奔,
把帕板从背上摔下转危为安。

宝角牛不让利剑刺中身体，
它又转身用牛角去挑对方，
锋利的牛角刺破帕板的脚皮，
帕板气得把牙齿咬得咯咯响。

　　帕板气得火冒三丈，
想不到这牛还真有点顽强，
幸亏他有本领能腾云驾雾，
否则将成为牛的手下败将。

　　宝角牛的动作非常敏捷，
　　打起架来势不可当，
帕板只好利用空中优势，
才能同宝角牛周旋较量。

　　帕板于是又跃上天空，
想用弓箭来对付宝角牛，
　　他迅速上箭拉满弓弦，
嗖的一声将箭射向对方。

他原本想用箭射它的牛角，
想不到宝角牛又快速躲闪，
　　他连射几箭都未成功，
帕板感到纳闷又无暇多想。

斗了几个回合勇气不减，
斗了几个回合功夫相当，
　　彼此体力保持旺盛，
　　争强斗胜互不相让。

后来帕板又几次喷出火龙，
强大火龙眼看烧到牛身上，
　　宝角牛眼看抵挡不住，
它扬起四蹄准备逃向远方。

没想到火龙夹着浓烈烟雾，
遮住牛的眼睛辨不明方向，
帕板接着拔出神奇的宝剑，
　一剑刺中宝角牛的脖颈。

宝角牛脖子被捅穿个口,
鲜血喷出像涌泉一般,
宝角牛眼看势头不妙,
只好拔腿逃离战场。

帕板捧麻典紧紧跟上,
顺着牛的血迹追击不放,
一直追到一个石岩洞口,
发现牛血顺着洞里流淌。

他闯进洞里漆黑不见五指,
一时无法辨明路线和方向,
他只好喷出火龙照明血迹,
才发现宝角牛已躺在地上。

他看到宝角牛不再动弹,
看那样子好像死去一样,
他于是长长松了一口气,
不料宝角牛突然爬起扑向帕板王。

帕板继续用火龙射向牛眼,
宝角牛用角抛石头砸向帕板王,
抛出的大石来势非常凶猛,
帕板捧麻典忙用宝剑抵挡。

经过反复搏斗,
双方不分胜负,
宝角牛用锋利的宝角猛挑,
帕板用火龙烧它皮毛。

宝角牛想置帕板于死地,
帕板想将牛烧成黑木炭,
宝角牛又用巨石砸帕板,
帕板又奋力用宝剑抵挡。

一来一往又打了无数次,
谁也不肯罢手认输退让,
帕板再次用宝剑猛刺,
终于把牛头刺成两半。

罪大恶极的宝角牛,
挣扎一会不再动弹,
它死在它出生长大的溶洞里,
它短暂的一生至此总算走完。

它曾经为牛类除恶,
也曾经给人类帮忙,
它有母亲好的一面,
也有父亲坏的地方。

它后来给人类带来祸害,
它专横跋扈肆无忌惮,
它死有余辜无人可怜,
人们对帕板拍手称赞。

第二十二章 帕板巧遇贺腊满 除妖安民拓国邦

其实天下并不太平,
除掉个坏蛋又来个魔王,
　这魔王名叫帕拉帝,
　他是个专吃人肉的坏蛋。

他看见帕板追杀宝角牛,
断定这个帕板非同一般,
　如果能吃上帕板的人肉,
　体力和智慧一定能增长。

所以说技艺高超的猎人,
　也会有失手的时候,
就在帕板进入溶洞的时候,
那个魔王已悄悄把他盯上。

魔王窥视在一旁,
　等着下手的机会,
　帕板一进入溶洞,
他就搬来巨石将洞口堵住。

想着将要吃到帕板的肉,
　想着将享受一顿美餐,
　　魔王心里乐开了花,
心想明天就有人肉当饭菜。

魔王把洞口堵住后,
　他依然不放心,
把洞口再查看一遍,
　才躲在一旁窥望。

魔王所做的一切，
帕板浑然不知，
当他杀死宝角牛往回走，
才发现洞口被堵死。

他判断一定是魔王干的坏事，
便拔出宝剑把巨石砍成两半，
他慢慢走出漆黑的溶洞，
见到了多时不见的阳光。

魔王见到帕板走出洞口，
又气又急手忙脚乱，
他想将帕板捉住吃掉，
就凶神恶煞地扑到帕板身上。

帕板不慌不忙拉开神弓，
一箭就将魔王射倒气断，
魔王的灵魂随即脱身而去，
直飞向他的老窝勐帕雅。

他落在勐帕雅的大石山上，
那石头山险峻雄伟高不可攀，
这里是妖魔鬼怪聚集的窝点，
他们经常在勐帕雅国作乱。

帕板杀死宝角牛后到处巡视，
他来到茫茫林海的雪山林，
他到了一望无际的林海深处，
他看到一个小伙子在烧柴火。

这个大森林没有人烟，
因此没有村庄，
在那里只有野兽出没，
不是人能生活的地方。

他仿佛看到小伙子在合十祈祷，
觉得奇怪心中升起疑团，
帕板捧麻典停下脚步走过去询问，
那小伙子说他的名字叫贺腊满。

帕板觉得这青年真有意思,
便蹲下来同贺腊满攀谈,
他把贺腊满看成小孩子,
便用戏弄的口气对他讲:

"你究竟在做什么?
你这个小笨蛋,
莫非你会祈祷,
还是在搞啥名堂?"

贺腊满听到有人说话,
他慢慢把身子往后转,
他发现来人仪表不俗,
可能是什么天神下凡。

"你说话口气真不小,
调子高得到了天堂,
你究竟有多大的本领,
敢在我面前大叫大喊。

"你难道没见我在烧柴火,
明知故问是何意思?
你究竟要办什么事?
如果你需要我可以帮忙。

"你也许来晋见帕腊西,
向他讨教学习武道秘方?
或是来这儿修行积德?
或是来求福摆脱心烦?

"你的行为要有礼貌,
不要一开口就骂我笨蛋,
也许你比我还要蠢,
怎能目空一切把人小看。"

帕板捧麻典听了贺腊满的话,
觉得小伙子话语不俗非同一般,
但为了顾全自己的面子,
他还是提高嗓门大声喊:

"勇敢的小伙子贺腊满,
你的口气真不小,
看起来你的本事很大,
能否露一手让我开开眼?

"假若不行也不勉强,
我俩一道飞到天空上,
在天上比试一下功夫,
不知你意下如何?"

贺腊满听了帕板的话,
走上前伸出手把他牵,
两人你推我搡较力气,
彼此的功力相当。

看样子帕板的武功胜一筹,
他喷火龙的法术还未使用,
那火龙能将贺腊满烧成木炭,
这一招贺腊满无论如何比不上。

贺腊满佩服帕板的功夫,
不敢争强好胜惹麻烦,
他询问来客的经历和住处,
彬彬有礼上前把话讲:

"请问尊贵的客官来自何方?
您的功夫非同寻常,
小弟我愿拜您为师,
请您收下我这徒弟莫推让。"

看到贺腊满已服输,
帕板捧麻典也没继续逞强,
他喜欢贺腊满这个小伙子,
接下话对贺腊满讲:

"我是堂堂的帕板捧麻典,
是大勐迦湿的国王,
我管辖了一百零一个国家,
我的臣民有千千万万。

"我平时都要巡视天下,
　　平息各地的骚乱,
要他们服服帖帖归顺我,
连天堂下层的各勐帕雅我也管。

"哪怕妖怪盘踞万座大山,
　有我在妖怪也不敢作乱,
　　连同这块雪山林莽,
　我也不放过一样要管。

"这里的人必须服我管,
　决不许有任何人反抗,
　如果有谁不听我的话,
我要置他死地没有商量。

　"我要让他活不成,
　还要把他碎尸万段,
　这是我的一贯作为,
信不信你们走着瞧。"

贺腊满听了帕板狂言,
虽有看法但也不声张,
他表示服从帕板指挥,
甘当臣民不会违抗。

"尊贵的帕板捧麻典大王啊,
　您是我们头顶上的君王,
　我要求做您手下的小卒,
任何时候都听从您使唤。

　"在您的福荫保佑下,
　遵守规矩平安成长,
今后不管您叫我做什么,
　忠心耿耿绝不违抗。"

帕板捧麻典听了很高兴,
　任命他当一个小官,
分配给贺腊满一个任务,
　　对他进行考验。

"你替我去办一件事,
这事看起来很一般,
我只要你到处走走,
去充当我的密探。

"你探听各地每天情况,
所到之处不要声张,
要暗地里仔细观察,
才能看出问题真相。

"你去南赡部洲巡视,
有伙妖怪为所欲为在作乱,
我没时间顾及那里的事情,
担心他们招惹是非闹出事端。

"你到那里后秘密侦察,
也许他们在说我坏话挑拨离间,
也许他们中有人图谋不轨,
企图破坏我的名声和形象。

"他们有可能想侵犯我的国土,
要霸占我们神圣的土地,
你去后要细心探听消息,
不要暴露身份只能秘密探访。

"不管他们做的是好事或坏事,
你只仔细听但不要去管,
打听清楚之后向我禀报,
我会分清善恶自有主张。

"你还要弄清勐帕雅国位置,
看它究竟在什么地方,
那里盘踞有多少妖怪,
他们的行动规律和法术手段。

"勐帕雅国路途遥远,
要花费的时间比较长,
前后大概需要一年时间,
你要耐心行事不可莽撞。"

贺腊满听了帕板的吩咐,
非常高兴信心十足,
为了让帕板捧麻典放心,
他当场表忠心立下誓言:

"小弟明白此去的任务重大,
要装成像给鸡拜年的黄鼠狼,
此行不管遇到多大的问题,
我都会认真化解克服困难。

"探听勐帕雅妖精的消息,
搞清楚他们住在何方,
不管是好消息还是坏消息,
全部记下来禀报给大王。"

帕板捧麻典布置完任务之后,
就朝勐迦湿国方向飞行,
途中来到一个小国,
也曾经遭受宝角牛破坏。

那小国名字叫勐宛纳,
谈起宝角牛仍心惊胆战,
他们向他询问宝角牛下落,
核实宝角牛是否真的死亡。

帕板看到了民众的情绪,
既深表同情又感到悲凉,
他耐心回答臣民的询问,
化解疑虑让他们安心:

"我可怜的臣民啊,
你们只管放心不必忧伤,
罪恶的牛魔已被我杀死,
从此水牛不会再来作乱。

"你们可以放心去耕作,
你们从此会平平安安,
太平盛世已经到来,
祸害将一去不复返。"

帕板把杀死宝角牛的经过复述一番,
人们听得津津有味感慨万端,
夸奖帕板捧麻典英勇善战,
称他是无敌天下的风火王。

"关于牛害你们要分清楚,
不是所有的水牛都是坏蛋,
罪魁祸首是那头宝角牛,
眉毛胡须不要混为一谈。

"其他的水牛没有罪,
受了蒙蔽不明真相,
其实耕牛本是好动物,
它们是人类的好伙伴。

"可以利用它们耕田种地,
为老百姓出力多打粮,
要把坏事转变为好事,
千万不可都往坏处看。"

勐宛纳文武百官认真听,
帕板的话使他们心里亮堂,
帕板除掉牛害的好消息,
很快传遍全国城镇和村庄。

人们无限感激帕板捧麻典王,
感谢他为人民消灾解难,
人们举行庆祝活动,
欢庆帕板王胜利凯旋除暴安邦。

欢庆活动盛大而隆重,
聚集了无数美丽的姑娘,
美女们簇拥着帕板捧麻典,
都希望能陪伴在他身旁。

美女敬仰大王的风姿,
大王陶醉美女的芳香,
人们轻歌曼舞直到深夜,
王宫里通宵达旦灯火辉煌。

庆祝活动长达一个月，
帕板天天沉浸在欢乐海洋，
庆祝活动后帕板起程离去，
他依依不舍告别美丽姑娘。

勐宛纳国王为帕板送行，
送行的还有文武百官，
人们排成长长的队伍，
从王宫送到城外。

帕板腾空而起飞向天际，
回首向地面的人们招手致意，
他将飞往勐荒尼嘎拉国，
去巡视那里的地理和国情。

他来到勐荒尼嘎拉国上空，
首先把国家环境巡视一番，
然后放开嗓门向地面喊话，
过程同到其他国家时一样：

"我帕板来了你们听到没有！"
随后在天上把弓弩拉响，
射出的弓箭惊天动地，
地面的人听后一片惊慌。

帕板捧麻典接着降临地面，
国王忙领着美女送上大象，
尔后举行盛大欢迎仪式，
陪着他到全国各地游玩。

帕板非常喜欢漂亮姑娘，
被他玩弄的女子上千万，
他每到一处都要住下享乐，
白天黑夜都要美女陪伴。

他到过的国家都服他管辖，
勐荒尼嘎拉也请他当国王，
希望他带领百姓建设家园，
确保勐荒尼嘎拉长治久安。

他们愿意每年向他上贡,
缴纳粮食税赋和宝藏,
傣历新年时派出钦差大臣,
到勐迦湿国团圆欢庆。

帕板看到勐荒尼嘎拉被制服,
他开始分配权力颁布法章,
他不可能在那里留下不走,
他要找信得过的人当国王。

"召吉纳拉可继续担任国王,
手下的头人由他自己挑选,
大事你们必须向我禀报,
小事由你们自己主张。"

勐荒尼嘎拉国王马上表态,
帕板捧麻典说的话句句照办,
决不违反帕板捧麻典的旨意,
紧紧跟随永不背叛。

帕板捧麻典天天酒足饭饱,
又玩够了那里的美丽姑娘,
住了一个多月之后才离去,
飞上天空继续他的行程。

他飞到勐吉纳阑国王城,
那个国家照样不战而降,
所不同的是那个国家正遇上大难,
令勐吉纳阑国王烦恼忧伤。

原来国王喜欢上山打猎,
那里有一座草深林密的大山,
山上住着一个吃人的大妖怪,
他们请求帕板去除妖保平安。

这个妖怪名叫布纳嘎,
它杀人不眨眼令人心寒,
这个妖怪会变魔术,
它的面目真假难辨。

有一次它变成一只金色马鹿,
跑到人面前摇着尾巴装可怜,
金鹿的颜色迷人耀眼,
令人喜爱舍不得伤害。

国王横下心对它射了一箭,
它的腿被射中却依然跑得欢,
国王策马追去,
被金鹿引进深山。

国王与随从追到一棵大树下,
金鹿突然现出妖形大声嚷:
"过来吧,小子们,
我正等着你们充饥肠。"

此时的国王无可奈何,
只好答应妖怪的要求,
每天送一个人给它吃,
这件事给全勐带来灾难。

时间过去三年整,
情况一点没变样,
妖怪吃掉不少人,
全勐的人提心吊胆。

人们跪求帕板王,
请求他帮忙除掉这妖患,
倘若再这样下去,
全勐百姓都完蛋。

人们还讲了一个百姓家庭的遭遇,
原有七个如花似玉的姑娘,
前面六个已被妖怪吃掉,
明天最小的也要把命丧。

帕板听完国王哭诉,
气得他头昏脑涨:
"这妖怪实在太可恶,
竟敢在人面前逞凶狂。

"我非消灭这个老妖怪不可,
为勐吉纳阑国人民除大害,
你们从此不用再送人给它吃,
我去把它处死拖来给你们看。"

帕板说后让国王带路上了山,
他不当回事边走边把歌儿唱,
不一会俩人来到妖洞口就喊话,
叫妖怪有本事就出来应战。

妖怪见来人只有两个,
笑话他俩愚蠢不自量,
妖怪想将俩人一块吃,
省得他们今后再来捣乱。

妖怪怒气冲冲出洞口,
帕板立即把神弓拉响,
神箭射向穷凶极恶的妖怪,
一箭就让妖怪命赴黄泉。

妖怪的名字叫帕雅霉,
它后面还有小妖一大帮,
见妖怪被杀众妖冲上前,
手里都拿着竹竿和棍棒。

帕板捧麻典连连射箭,
众妖东躲西藏,
一个个中箭倒下,
不一会小妖全灭光。

国王见妖怪已消灭,
就带着帕板下山回宫殿,
文武百官走出宫殿迎接,
宫廷里一派欢乐景象。

国王回宫后高兴万分,
他拟了一道圣旨往下传,
他告诉全国大臣和百姓,
万恶的妖怪已全死光:

"我们受着大王的福荫,
大王歼灭了妖怪三万,
大家可以过上太平的日子,
我们不再遭受大难。

"各位大臣给我听着,
你们要把喜讯传到全国各地,
大家可以放心下地干活,
也可以上高山砍柴打猎。"

全国从上到下齐欢腾,
把帕板王的功绩颂扬,
人们夸奖帕板王的神勇,
说他的武艺举世无双。

帕板捧麻典回到宫殿,
参加战胜妖王的庆祝活动,
他同众美女跳舞欢娱,
欢庆活动持续一个月之久。

欢庆之后就要分手,
众多臣民来送别帕板王,
帕板在欢送宴席上讲话,
借此机会自我夸耀一番:

"再见了,民众们,
今后不论遇到什么灾难,
有我在你们都不用发愁,
所有敌人都是我手下败将。"

帕板捧麻典说完腾空飞去,
臣民合掌跪地送他上云端,
此后勐吉纳阑国平安无事,
人们安居乐业生活蒸蒸日上。

帕板捧麻典在空中飞行,
俯瞰大地上旖旎风光,
不一会他回到勐迦湿,
回到分别数月的可爱故乡。

他向全勐臣民介绍此行经历，
介绍他走过的每个国家情况，
臣民们听了大王的详细讲述，
齐声欢呼勐迦湿王万寿无疆。

勐迦湿国疆土不断扩大，
勐迦湿国的势力更强盛，
没有任何国家能与它抗衡，
世上最厉害是勐迦湿国王。

帕板捧麻典回家住了二十天，
又准备外出巡视其他地方，
他要看看天下是否太平，
他关心天下百姓生活和安康。

佛祖世尊讲完这段故事，
又对众比丘和释迦族讲：
"众比丘啊，
请你们听端详。

"帕板捧麻典消灭三万妖魔，
拯救了勐吉纳阑的黎民百姓，
使他们不再受妖患之苦，
从此过上安宁生活。

"人们高兴欢呼，
赞颂帕板捧麻典功德无量，
随后帕板在那里住了一个月，
吃饱玩够后返回勐迦湿家乡。"

第二十三章

制服海盗除民害
猴儿侦探韦扎团

现在我接着往下唱,
下面的歌更加悲壮,
讲的是生意人的故事,
这些人从事贸易经商。

他们要赚点钱不容易,
路途坎坷经常遇到险象,
若遭到海盗土匪的袭击,
钱物两空还会把命丧。

生意人每天走南又闯北,
只身流落异国他乡,
我要讲的是他们的遭遇,
讲他们遇到巨大的劫难。

有一伙做买卖的生意人,
全都来自异国他乡,
他们的货物价值不小,
总计金额有五百万两。

为首的巨商很有钱,
他家有十八亿的资产,
他购进了五百万的货物,
全部装进了大货船。

货船驶离了罗麻国①,

① 罗麻国：傣语叫勐罗麻，古代国名。

在茫茫大海中航行漂流,
他们在海上走了一个月,
来到勐亚兰麻迪①港。

他们把船停泊港口休息,
未及卸货就遇上海盗,
这伙海盗有一千人,
他们有高明的手段。

海盗把货物洗劫一空,
货物太多一下子搬不完,
一千人共搬了七天时间,
当地头人不敢出来管。

海盗将货物全部运走,
运到一个叫勐维沙塔的地方,
海盗们以为那个地方安全,
开始摆摊设点进行销赃。

此时帕板捧麻典巡视来到此地,
听到商人们在那里哭泣,
帕板捧麻典认定那里有问题,
便从天上向地面慢慢降落。

他询问商人们出了什么事,
为何痛哭流涕如此悲伤?
是不是货船沉没遭损失,
货物掉进海里无法返航?

还是做了亏本生意,
损失惨重无本钱再发展?
或许还有什么别的原因,
遇上了克服不了的困难?

比如说海上遇到大风浪,
需要紧急援救而悲伤?

---

① 勐亚兰麻迪:古代国名。

或者经商闯下了大祸,
举目无亲找不到人帮忙?

帕板的关心使商人感动,
他们就把缘由细说一番,
他们希望帕板能帮助,
惩治海盗把货物归还:

"尊贵的客官啊,
看来你有一副好心肠,
不知你的尊姓大名?
不知你来自何方?

"多谢你对我们的关心,
详细询问我们的情况,
还安慰我们痛苦的心,
对你的同情我们永不忘。

"我们这些商人从远方来,
想不到在异国遭劫难,
我们呼救和求援无门,
得不到官府的帮忙。"

商贾的老板叫巴尼佐,
他的叙说感动了帕板王,
帕板自我介绍了身份,
表示可以帮他解决困难:

"我也来自遥远的地方,
我是勐迦湿的国王,
我的名字叫帕板捧麻典,
我管辖一百零一国地盘。

"这次我专门视察灾荒祸乱,
专门惩治祸国殃民的匪帮,
我还要教育挽救犯罪的人,
让人世间阳光普照。"

商人巴尼佐听了他一席话,
知道对方是有名的帕板王,
他马上合掌跪下来求救,
请求帕板王伸出援手。

帮他们要回被抢的货物,
帮他们惩治这伙海盗,
为民众铲除地方祸害,
为亚兰麻迪消除灾难。

帕板立即把船长叫来,
要他探听海盗的去向,
只有掌握他们的行踪,
才好一网打尽不留后患。

巴尼佐和船长立即行动,
他们四处寻找日夜奔忙,
他们得知了海盗的下落,
向帕板详细禀报情况。

帕板捧麻典在天上巡视,
他眼界开阔到处观望,
他在天上没飞出多远,
就发现海盗活动迹象。

他看到海盗们聚在客栈里,
正在吃饭喝酒尽情狂欢,
他们在庆贺交上好运气,
发了大财今后不愁吃穿。

帕板捧麻典看到这一情景,
气得两眼冒出蓝光,
对这帮海盗他深恶痛绝,
他大声呵斥要他们立即投降。

"你们这帮土匪歹徒,
你们抢劫财物丧尽天良,
我命令你们立刻清点,
把抢来的货物如数归还。"

海盗们不知帕板捧麻典厉害,
对帕板的劝告全不放在心上,
他们将帕板捧麻典团团围住,
恶声恶气对帕板捧麻典讲:

"就算老子们是一群海盗,
　　专门抢劫又怎么样?
你狗拿耗子多管闲事,
你有本事就替他们申冤。

"我可以老实地告诉你,
只要我们想得到的东西,
落到我们手里就别想要回,
你就别白日做梦痴心妄想。

"如果你想上门来讨货,
　　我叫你有来无还,
　　你是哪来的怪人,
我劝你赶快滚蛋!"

帕板捧麻典听后非常生气,
　他压住怒火耐心规劝,
　他还想挽救这帮海盗,
让他们改邪归正弃恶从善:

"我叫你们立刻归还赃物,
要是再不听劝绝无好下场,
我要你们这里变成火海,
把你们烧成灰烬无一生还。"

海盗听后都哈哈狂笑,
对帕板的劝告不以为然,
　还认为帕板好管闲事,
骂他是不懂事的小混蛋:

"这些货物又不是你的东西,
我们抢劫货物与你有何相干,
你如果不怕掉脑袋就待下去,
　到时候恐怕你后悔已晚。"

帕板看他们不听规劝,
万丈怒火在胸中点燃,
他喷出一股巨大火龙,
把匪徒围在中间直打转。

"你们这伙万恶不赦的匪帮,
本王这回给你们点厉害看看,
你们如果能听我的劝告,
现在醒悟还为时未晚!"

这一千个匪徒见势头不妙,
个个哭爹喊娘跪地求饶,
他们请求帕板捧麻典开恩,
表示把货物全部如数送还。

"尊贵的大爷您洪福无边,
我们目光短浅,
不知大爷是哪来的神仙,
我们知错今后不敢再犯。

"请可怜可怜我们吧,
您是大神仙大德大量,
请您快点将大火熄灭,
我们将货物如数归还。"

匪徒们哭的哭叫的叫,
没有一个敢顶嘴逞强,
他们已知道帕板的厉害,
请求他开恩别把小命葬送。

这时帕板将火熄灭,
又对他们教训一番,
他怕他们旧病复发,
又向他们提出警告:

"你们这些土匪,
竖起狗耳朵听我讲,
本王名叫帕板捧麻典,
是勐迦湿国的大君王。

"我是一百零一国君主,
一百零一国全归我管辖,
天底下的人和牲畜,
都掌握在我的手上。

"我专门在天底下巡视,
惩治那些胡作非为的坏蛋,
我要为普天下的人主持公道,
灾祸邪恶的事我全管。"

帕板捧麻典再次警告,
不许他们再做坏勾当,
如果还有谁继续抢劫,
将赶尽杀绝一个不放。

劫匪个个点头承诺,
悔改自新弃恶从良,
如果继续犯罪作恶,
愿上苍将他们灭亡。

这时巴尼佐他们正好赶到,
看到抢劫的那伙海盗,
海盗带他们去看被抢货物,
货物一件件清点如数奉还。

巴尼佐收到被抢的货物,
喜出望外心情舒畅,
他们雇了大批的民工,
把货物运回海港。

回去后他们一起商量,
准备酬谢帕板大王,
如果没有他拔刀相助,
这些货物早被匪徒分赃。

他们每人拿出白银,
每人还拿出黄金,
拿去酬谢恩人帕板王,
说这是做人的道德规范。

接着巴尼佐又提建议,
他说船上货物已被抢光,
好比大船沉没海洋,
没想到货物又回到手上:

"我想把货物全送大王,
不知道大家怎么想?
如果你们没有意见,
这件事情就这么办。

"现在得到恩人解救,
说明我们遇到贵人后福无量,
我们把货物送给恩人,
钱财今后我们可以慢慢赚。

"如果恩人不肯收下货物,
就算作他赠送我们一样,
这样更体现对他的尊敬,
这样做的意义更加深长。"

众商人听了巴尼佐的话,
觉得是个好主张,
全部赞成这样做,
把货物全送帕板大王。

众商人见到帕板捧麻典,
合十跪拜表明他们意向,
帕板捧麻典听后直摇头,
说收下心意把货物退还:

"你们的所有东西,
我若要了说明我贪心,
我做好事不图回报,
我的财产有上千万。

"我是一国的大君王,
王宫的珠宝数不完,
我什么东西也不缺,
你们不必再谦让。

"我只是帮你们一点忙,
　我这是在积德行善,
　　就算是交个好朋友,
今后有事需要你们帮。

"各国有各国的规矩,
　你们可以按自己习惯办,
　　我对你们没任何要求,
你们的诚意我会记心上。"

以巴尼佐为首的商人们,
　实实在在把道理讲,
　　他们按照经书上的教义,
懂得什么叫诚实与积德行善。

见事情已圆满解决,
　帕板即告辞商人们,
　　穿上仙鞋纵身跃上云端,
重新踏上回勐迦湿路程。

送别了帕板之后,
　商人们唏嘘不已,
　　他们庆幸遇到了帕板王,
遇上贵人今后会有好运气。

但遭遇让他们心有余悸,
　他们不敢再停留海港,
　　卖完了运来的货物,
便乘船返回罗麻故乡。

帕板捧麻典起程返故乡,
　他的义举四处传扬,
　　人们歌颂他的神威和美德,
对他的见义勇为高度赞赏。

商人回去后宣传帕板义举,
　对他歌功颂德无限崇拜,
　　还对家人讲述他的本领,
一个人制服一千名海盗。

他们说这种人世上少有,
既有本领心地又善良,
他管辖着一百零一国,
他到处救民于危难。

在罗麻国那个地方,
帕板的美名四处传扬,
此后人们更愿到这边做生意,
互相往来彼此成为友好邻邦。

后来巴尼佐到处做生意,
推销货物再没遇麻烦,
他们经商赚了很多钱,
成为罗麻国的大富商。

再说帕板刚一回到勐迦湿,
救商人的事立即传遍四方,
六万位帕雅赶到王宫来祝贺,
宫女们高兴得容光焕发。

妻子们更是兴奋不已,
挑出最美的服饰来穿着,
把自己打扮得如花似玉,
前来朝拜帕板捧麻典王。

富翁们也纷纷赶来,
百姓们也都去迎接君王,
人们都盛赞他的义举,
都争先恐后去问候帕板王。

六万位帕雅,
围坐在帕板身旁,
他们个个毕恭毕敬,
全神贯注聆听帕板的讲述。

威严的帕板王,
高坐在国王宝座上,
把他乡的风土人情,
告诉在座的王族和臣官。

听吧,各位乡亲,
接下来阿哥将继续歌唱,
歌唱受帕板指派的贺腊满,
到南赡部洲探听消息的情况。

听官可能还记得猴儿贺腊满,
他虽然年纪轻轻但特别能干,
他奉帕板捧麻典之命,
到南赡部洲充当帕板的密探。

贺腊满年纪不大但办事认真,
是一个能文能武的英雄汉,
他接受任务立即出发,
足迹遍及一万四千个勐。

他善于探听各种消息,
他细心了解各地情况,
他不暴露自己的身份,
他对自己进行伪装。

他能严格保守秘密,
不把意图暴露给对方,
不论消息是好还是坏,
他会如实告诉帕板王。

他绕过勐庄昊天国边境,
进入南赡部洲的地盘,
他利用隐身法术,
把自己身形隐藏。

为了探听他们的议论,
他进入一些国家的王宫殿堂,
他潜伏在首领们的身边,
窃听他们的秘密商量。

南赡部洲为首的四大韦扎团①王,

---

①韦扎团:居住在天堂和人世间中间的有神通力的神仙,其神通力比不上天上的神仙;有的行善,有的作恶。

都是些无恶不作的大坏蛋,
一个叫帕拉帝一个叫韦罗扎,
一个叫那伽一个叫帕雅团。

他们统领着九百万妖精,
他们统领着九阿呵韦扎团,
他们知道过去又熟悉现在,
他们既是妖精又有人模样。

这四个韦扎团王呀,
在做魔王时与帕板结怨,
被帕板用哈萨萨它麻神弓射死,
才转生为凶恶的韦扎团。

他们住在喜马拉雅山脉,
在一个天地之间的宝石山,
这四个韦扎团王都有各自的地盘,
占山为王各统领小妖千万万。

此时他们正在议论雪山林,
在那里他们遇到勐迦湿王,
勐迦湿王本领高强法术过人,
那一仗他们输得好惨。

他们伤亡大批小妖怪,
不得已才撤回石头山,
回来后他们养精蓄锐,
如今兵精马壮力量强。

他们计划拿出一半妖兵,
去讨伐帕板捧麻典王,
过去他们结下的仇恨,
这回要一起跟他清算。

妖王计划六月八日行动,
他们推算这个日子吉祥,
他们想攻其不备突然袭击,
准备采用快速进攻手段。

他们要攻占勐迦湿要塞,
一举活捉帕板捧麻典王,
然后瓜分一百零一国,
按功劳大小分别论赏。

接着他们调集大量兵力,
在石头山上日夜操练,
这批兵力有将军和士兵,
个个都进行细心挑选。

妖兵们个个张牙舞爪,
妖兵们个个摩拳擦掌,
每个妖兵都背着锋利战刀,
每个妖兵都挎着闪亮宝剑。

他们还有弓弩梭镖和长矛,
他们身穿藤铠甲全副武装,
他们在四大王的统率下,
反复演习不敢有半点怠慢。

贺腊满弄清妖怪的情况之后,
日夜兼程赶回雪山林,
归途上无意中遇到一个人,
那人叫卓帝迦腊西。

那时他正好身心疲劳,
想在帕腊西那里借宿一晚,
他降落在撒拉旁,
上前行合十礼说道:

"尊敬的帕腊西啊,
我叫贺腊满,
问候您疾病是否来缠身?
毒蛇猛兽是否来袭扰?"

见贺腊满以礼相待,
卓帝迦腊西回答道:
"谢谢你的问候,
英俊的贺腊满。

"自从到雪山林修行,
我以林中动物为友,
以山薯野果为食,
身体没什么病患。

"贺腊满呀,
我这里备有山薯野果,
如果不嫌弃啊,
你尽可以吃个饱。"

贺腊满感激万分,
请求卓帝迦腊西道:
"尊贵的帕腊西呀,
奴想借住一两晚。"

卓帝迦腊西听后微微一笑,
他喜欢这个小伙子,
夸奖贺腊满有本事又懂礼貌,
就住上十天半月也无妨。

但叮嘱他有个禁忌千万注意,
旁边的湖有一百由旬宽,
湖水很清但不能饮用和洗澡,
贺腊满听后心里纳闷。

帕腊西进一步说明,
湖里有条巨大的蚂蟥,
如果人进湖里洗澡,
蚂蟥会把人的头咬烂。

帕腊西说完就转身离开僧房,
他的话却吸引着小贺腊满,
贺腊满听后怎么也想不通,
不相信有那么可怕的蚂蟥。

贺腊满心里暗想,
自己是个堂堂男子汉,
有力气还能腾云驾雾,
怎能被小蚂蟥吓成熊样。

贺腊满随后来到湖边,
亲眼看看湖面有多宽,
他看到湖水清澈见底,
涟漪微波布满在湖面。

湖里盛开着白莲花和红莲花,
还有成片的水草和睡莲,
以及数不清的青莲和水藻,
花朵婀娜多姿争相开放。

成群结队的蜜蜂嗡嗡叫,
色彩鲜丽的蝴蝶漫天飞舞,
蜂蝶往返穿梭于鲜花丛中,
在忙碌地采花蜜煞是好看。

湖里确实有条大蚂蟥,
大蚂蟥有四由旬长,
湖里还有许多小蚂蟥,
它们不停在湖里游荡。

当他站在岸边细看,
发现蚂蟥多得数不完,
蚂蟥在水里游来游去,
有的还爬在荷秆和草上。

贺腊满把脚伸进水里,
蚂蟥成群拥来如同打仗,
大蚂蟥紧紧咬住他的脚,
小蚂蟥把脚满满吸附。

贺腊满立刻跃起身子,
脚踩云朵飞到蓝天上,
可是蚂蟥没有脱落,
它们紧紧吸住不放。

贺腊满接着往高处飞去,
蚂蟥紧紧咬住不退让,
贺腊满只好回到地面,
他气急又心慌。

贺腊满至此束手无策,
手抓头发不知怎么办,
这时帕腊西巡游回来,
才为贺腊满解了难。

帕腊西告诉贺腊满,
用唾液才能整治蚂蟥,
这是制服蚂蟥的绝招,
其他办法全不灵光。

猴儿照着帕腊西的指点,
吐了口水涂在蚂蟥身上,
这一招果然非常顶用,
蚂蟥全部脱落不再纠缠。

贺腊满拜别帕腊西回到雪山林,
回到帕腊西外公的僧房,
他跪地叩拜帕腊西外公,
细说他在途中遇到的困难。

"尊敬的外公啊,
孙儿有个教训永不忘,
不听良言要吃亏,
错误不能一犯再犯。

"当时孙儿口真渴,
看到清水口就馋,
我捧水喝时有气味,
引来了大群大蚂蟥。

"那些小虫真厉害,
爬到额头又爬到身上,
它们没命地叮咬,
想把我的血全吸光。

"要不是帕腊西及时赶到,
我可能会死在湖岸旁,
这个教训真的是不小,
老人家的话我永不忘。"

接着贺腊满和家人吃饭,
因有事告别帕腊西外公,
临别时又听外公一席话,
　这才跃身飞上天空。

贺腊满来到一个宽广地方,
　这是勐兰卡国的土地,
　这是一个美丽的岛国,
　像一颗明珠一样漂亮。

　他降落在森林中,
　林海茫茫无比宽广,
　他停歇在一棵大树下,
　尽情欣赏美丽的风光。

　热带森林鸟语花香,
　麂子和鹿群在游荡,
　他还看到一群群猴子,
　就像看到亲兄弟一样。

　动物见到贺腊满,
　如临大敌很慌张,
　它们纷纷往家跑,
　回去禀报勐兰卡王。

勐兰卡王听完动物禀报,
　立刻召集精兵强将,
　他们把大树团团围住,
　准备捉拿小贺腊满。

　小贺腊满看势头不对,
　他立刻摆出架势迎战,
　他接住射来的所有弓箭,
　活捉勐兰卡王的兵将。

贺腊满把兵将扔进林中,
　让野兽们美美饱餐,
　然后他回到大树下,
　平心静气对他们讲:

"我独自在树底下休息,
我饿了摘野果充饥肠,
野果摘后会自生自长,
这事与你们有何相干。

"如果说这是你们的果园,
又不见四周有围墙,
更看不到有人看守,
这不是你们的个人财产。

"你们污蔑我是盗匪,
有什么理由说三道四?
你们还想来抓我杀我,
你们的行为丧尽天良。

"你们违反佛规教义,
佛祖教导要与人为善,
你们大开杀戒伤害生灵,
活在世上不能如此凶残。

"你们究竟受谁指派,
你们得赶快如实招来,
如果你们不低头认错,
等我动手就后悔已晚。"

士兵们吓得直发抖,
知道不说实话难过关,
为首的头儿忙招供,
原来受勐兰卡王指派。

他请求贺腊满饶命,
此事与他们不相干,
贺腊满听后非常生气,
对士兵各掴一记耳光。

士兵们被打后纷纷逃命,
一口气跑回王宫殿堂,
向国王诉说贺腊满厉害,
禀报刚才被打骂的状况。

"那个小猴儿非常厉害,
　他的本领确实不简单,
　没有一个人能打赢他,
每个人都被捆一耳光。"

勐兰卡王听到这一消息,
　　心底里如巨雷震荡,
世上竟然有这样的能人,
　他抓耳挠腮沉思细想:

"这可能是贺腊满猴儿,
　他有点名气不可小看,
　他在大树下休息没有错,
错的是我不该向他发难。"

　　勐兰卡王这样一想,
　　反倒变得哑口无言,
　　他后悔刚才的行为,
　　反倒惹来了大麻烦。

贺腊满为此闷了一肚子气,
勐兰卡王的作为不像样,
他越想越气想报仇雪恨,
发誓要给他们点颜色看。

　　他抱来了很多芦苇秆,
　　草枝很干燥容易点燃,
　　他要放火烧掉王宫,
　　把整座城堡全烧光。

　　熊熊大火烧进王城,
　　全城居民大叫大喊,
　　他们纷纷起来灭火,
　　而点火者已远走他乡。

　　这件事是因果报应,
谁叫他们要陷害贺腊满,
　　做什么事都要讲道理,
干坏事的人没有好下场。

贺腊满放火后飞上高空,
飞行不多远他又回头望,
他看到大火在熊熊燃烧,
就心安理得飞往勐迦湿。

佛祖世尊讲完这段故事,
又回过头进行归纳小结,
他不紧不慢,
对众比丘和释迦族说:

"众比丘和释迦族啊,
贺腊满受命当密探,
他走遍了整个南赡部洲,
用隐身法深入敌人心脏。

"他非常细心一丝不苟,
还爬到喜马拉雅山顶峰上,
在那里他发现了新情况,
听到四个王的密谈。

"之后立刻起身返回,
途中飞到了勐兰卡这个地方,
他因饿了就停下吃树果,
没想遭到勐兰卡国王的发难。

"贺腊满打退围捕的弓箭手,
一怒之下放火烧了勐兰卡,
然后他就飞往勐迦湿王城,
要进宫拜见帕板捧麻典。"

第二十四章

韦扎团倾巢而出
勐迦湿倾力备战

ၬသာၧၷၳ
傣族英雄史诗
乌莎巴罗

ၬၸ ၂၄ ၥၤၷႃၸၹၨၳ ၞၥ
ၮၥၷၹၻၳၷၻၴ

上章说到贺腊满神猴,
在赶往勐迦湿途中遇到麻烦,
遭到勐兰卡国的弓箭手围捕,
他一怒之下烧了勐兰卡王城。

贺腊满飞抵勐迦湿王城,
立即进宫拜见帕板捧麻典王,
帕板捧麻典召集诸位大臣,
热烈欢迎胜利归来的贺腊满。

一番寒暄之后,
国王询问此行是否如意,
有什么好消息可以相告,
他还夸奖贺腊满聪明能干。

贺腊满向帕板跪地施礼,
把此行的经过慢慢讲,
他的汇报有条不紊,
内容很多但不杂乱:

"小臣贺腊满禀报大王,
我接受任务后去南赡部洲,
此行途经一万四千个勐,
行程占天下的一大半。

"到南赡部洲途经勐庄昊,
我还在那里跑了一圈,
此行不管经过何处,
没有意外平平安安。

"我在南赡部洲秘密刺探,
发现四大韦扎团王正在会面,
他们订下盟约,
准备向勐迦湿国宣战。

"他们将集中妖兵九万万,
向勐迦湿发动袭击战,
他们把时间定在六月八日,
他们认为这个日子最吉祥。

"这个消息准确无误,
请大王务必放在心上,
坚决粉碎妖王的袭击,
确保勐迦湿国泰民安。"

帕板听了贺腊满的禀报,
觉得时间紧迫不可怠慢,
他立即召见所有大臣官,
一道商议作战方案。

一时间在勐迦湿上空,
战争乌云密布气氛紧张,
帕板捧麻典还传下命令,
在全国进行总动员。

接着他又召集本国帕雅,
总共有六万人的王官,
他们全是王族的成员,
对战争都不敢袖手旁观。

随着战争的临近,
人们的心情更加紧张,
他们高筑堡垒深挖壕沟,
边境线加强巡逻站岗。

武将检查山路和水道,
文官传达命令筹措食粮,
消息通报到一百零一个国,
他们也立即行动调兵遣将。

人们的爱国情绪空前高涨，
勐迦湿的兵力大大加强，
外地调来了九百万兵马，
加上本地的总共一万万。

兵马集中到勐迦湿王城，
用七十天时间集中训练，
在勐迦湿的城镇村寨，
到处陈兵布阵。

勐迦湿的山区和平坝，
到处有军队来来往往，
高处看军队如蚂蚁爬行，
近处看军队似牛群出栏。

他们还在城池内外布防，
修筑了严密的防御战壕，
在村寨内外日夜有人巡逻，
所有的通行要道有人站岗。

帕板还传下号令，
命令勐苏帕蒂沙，
出兵力九百八十万，
火速赶来勐迦湿参战。

命令勐晚那先兰，
出兵力九百八十万，
日夜兼程迅速赶来，
准备阻击入侵敌人。

命令勐计帝，
出兵力九百八十万，
从他们的勐前来支援，
用最快速度不可怠慢。

还命令另外十九个勐赶来参战，
每个勐出军队九百八十万，
让十九个勐布成十九个阵，
驻扎在王城周围的寨子。

帕板还发出六封贝叶信，
送给帕本等六位帕雅，
让他们各自统领兵将，
前来勐迦湿帮助打仗。

六封书信飞到六个国家，
六国君王感到很突然，
这样的局势令人不可思议，
他们忙将信件摊开细看：

"现在勐迦湿受到威胁，
战争的乌云把天空罩满，
发动战争的敌国非等闲之辈，
是南赡部洲那边四国的魔王。

"据探听到的可靠消息，
他们已召集兵力九万万，
他们声称要踏平勐迦湿，
他们叫嚷要活捉帕板王。

"现在请求六位长辈，
回到勐迦湿国商量，
讨论如何击退敌人进攻，
保卫国土不被外强侵犯。"

六国君王读完贝叶信，
知道形势紧迫刻不容缓，
他们立即精选兵马，
召集军队准备参战。

兵力到齐后又逐一清点，
配上武器全副武装，
六国兵马由各自君王带领，
浩浩荡荡连夜开赴战场。

他们带来的兵将哟，
有六阿呵，
防备天上的来犯敌人，
在天地间布下天罗地网。

帕本统领一阿呵士兵，
坐火轮舟从马耳山出发，
帕贡盘腊统领一阿呵士兵，
坐仙车从善见山出发。

还有帕乾闼婆伯父，
他统领一阿呵士兵，
坐仙车从持地山出发，
迅速赶赴勐迦湿。

帕松统领一阿呵士兵，
坐仙车从障碍山出发，
帕输达丢瓦统领一阿呵士兵，
坐仙车从持轴山赶来。

另有帕轰嘎达莱统领的大兵，
也有一阿呵之多，
坐仙车从担木山出发，
火速赶来抗击敌军侵犯。

六阿呵兵士日夜巡护，
在勐迦湿上空布下严密防线，
不让敌人有可乘之机，
勐迦湿不敢有丝毫懈怠。

帕板还发出九封贝叶信，
通知另外九个勐的帕雅，
让他们派兵前来增援，
要求如期赶到勐迦湿参战。

九个勐的帕雅接到信札，
立即调集强大兵马，
日夜兼程马不停蹄，
飞速赶往勐迦湿城。

昆辛调集九百八十万士兵，
从勐阿柯傣赶来，
昆占调集九百八十万士兵，
从勐布拔瓦帝赶来。

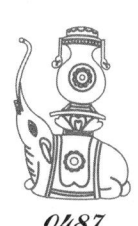

昆松调集九百八十万士兵，
从勐达腊兰拔赶来，
昆达来调集九百八十万士兵，
亲自带领军队立即从勐拉南赶来。

昆庄调集九百八十万士兵，
从勐金赶来，
昆宝调集九百八十万士兵，
从勐安提亚赶来。

昆侬莱调集九百八十万士兵，
从勐阿利拔赶来，
昆撒调集九百八十万士兵，
从勐盘杂拿瓦帝赶来。

昆香在勐迦湿就地动员，
也调集九百八十万士兵，
他日夜抓紧训练军队，
在勐迦湿城四周扎营。

支援勐迦湿的各路人马，
全部齐聚勐迦湿境内，
人数有十八阿呵之多，
还有一亿五千零二十四万。

勐迦湿联军兵强马壮，
兵士个个凶猛顽强，
他们摩拳擦掌备战，
时刻准备开战杀敌。

说起增援勐迦湿的兵啊，
实在是多得数不过来，
如果让愚钝的人来数，
确实无法计算只会长叹。

他最多只能从百数到亿，
只有通晓数学运算的能人，
才能把这么多的人算清，
才能告诉你什么叫兵多将广。

想弄清他们的人数，
运算方法有两种，
一种算法叫一百个十万是一呙帝①，
但这个数字还没完成。

十万呙帝为一个巴呙帝，
后面尾数有十四个零，
一百个十万巴呙帝为一呙帝巴呙帝，
后面尾数有二十一个零。

十万呙帝巴呙帝为一那腊当，
后面尾数有二十五个零，
一百个十万那腊当为一个那呼当，
后面尾数有二十八个零。

一百个十万那呼当为一个尼那呼当，
后面尾数有三十五个零，
一百个十万尼那呼当为一阿呵，
后面尾数有四十二个零。

另一种算法也不简单，
同刚才那种算法不一样，
用六十九捆团花树的木桩，
来计算兵将的力量有多强。

将团花树木桩整齐排放在道上，
让众多的士兵踩过去，
直到把团花树木桩踩得粉碎，
才相当于一阿呵。

这个算法有根有据，
它全出自经书，
它把十个十万尼那呼当的王官，
十个十万尼那呼当的象兵。

---

①呙帝：傣语，意为无法统计的数目。巴呙帝、呙帝巴呙帝、那呼当、尼那呼当等意思皆同。

十个十万尼那呼当的马兵,
十个十万尼那呼当的车兵,
十个十万尼那呼当的步兵,
十个十万尼那呼当的弓箭手。

十个十万尼那呼当的少女,
全部加起来才有一阿呵,
用这种比方好理解,
究竟有多少兵马便一目了然。

这时勐迦湿国全境,
驻满了精兵和强将,
加上全国上下总动员,
严阵以待准备抗击敌人。

但是勐迦湿王还不放心,
又刻写了许多贝叶信函,
发往新加盟的小国家,
要他们也派兵来参战。

最先收到贝叶信的国家,
是勐罗列稚的国王,
他立刻召集文武大臣,
召开会议进行商量。

他说勐迦湿是他们的保护国,
勐迦湿的敌人也是自己的敌人,
出兵支援勐迦湿国责无旁贷,
统一意见后召集了精兵强将。

接下来接到信函的是勐宛纳,
这个国家的态度也非常明朗,
为了表示对勐迦湿的忠诚,
他们行动迅速没有拖延时光。

其他国家也响应会派出援兵,
保卫勐迦湿如铜墙铁壁一般,
他们要守卫勐迦湿每寸土地,
他们发誓不许任何敌人进犯。

南赡部洲是人妖杂居的地方,
帕板也向那里的新盟国发函求援,
那些国家收到贝叶信后,
也向勐迦湿派来大批神兵天将。

新加入的盟国共有九个,
有勐阿贺傣和勐补巴维帝哈,
还有勐哒腊他和勐昆塔来雅,
他们都是勐迦湿的友好邻邦。

此外还有勐金腊肯国,
还有勐巴维沙和勐混空古,
还有勐阿利他和勐尖纳瓦迪,
九国的兵力共有九亿八千万。

援兵模样都长得英俊,
女人一见就紧跟不放,
但是援兵都很懂事,
话不多也不同女人淫乱。

他们都明白此行重任在肩,
不是来游玩而是打仗,
他们只要见到敌人,
就会像饿狼见到肉团。

他们都像出家的帕腊西,
见到美女口水不会往外淌,
但见到敌人就像勇猛的狼犬,
他们一心只想尽快上战场。

现在啊,我不知道怎么交代,
勐迦湿的兵力简直无法计算,
把新加入的盟国合在一起,
总共已有十五亿二千四百万。

兵力之多像森林里的树叶,
铺天盖地再有本事也算不完,
除了正规军还有大批后备军,
后备军少说也有六亿五千万。

这样的阵容在勐迦湿是第一回，
可见帕板捧麻典对敌人的重视，
不管敌人从天上飞还是地上来，
要做到万无一失叫他有来无回。

看来妖兵想战胜勐迦湿，
简直是白日做梦痴心妄想，
举世闻名的帕板捧麻典，
他是百战百胜的常胜大王。

数字这东西像河水一样无味，
讲故事不能总围着数字转，
如果要把军队精确算出来，
恐怕只有聪明的神仙才会算。

从一数到十还很容易，
再继续算下去就会头昏脑涨，
如果问我海滩上的沙粒有多少，
我会回答你数量等同王国兵将。

勐迦湿全国动员备战，
兵力全部调遣妥当，
他们有信心取得胜利，
士气空前高涨。

第二十五章
韦扎团进攻王城
勐迦湿火烧敌军

现在啊，我要掉转话题，
说一说那群韦扎团王，
他们正在紧锣密鼓做准备，
要向勐迦湿发动猛烈进攻。

韦扎团四国的国王，
在一起经过密谋商谈，
确定了攻打的目标，
制订了打仗的方案。

他们将方案分头落实，
在各自国家进行总动员，
他们统一时间约定信号，
备战的号角很快吹响。

四个妖国兵力增加到十亿，
妖兵都配备了精锐的兵器，
每个妖兵都有宝剑和弓弩，
他们佩带的战刀闪闪发光。

妖兵们都非常傲慢，
妖兵们都非常好战，
他们个个都有妖术，
能飞善打变幻无常。

不管是空中海上还是陆地，
无论在哪里打都没问题，
他们也在加紧演习操练，
他们虽然傲慢但不轻敌。

他们把四国的妖兵重新安排，
组合成适合实战的战斗集体，
安排后又集中训练了五十天，
战斗能力达到了他们的预期。

帕拉帝大魔王担任总头目，
侵略勐迦湿的大战终于打响，
妖兵分四路扑向勐迦湿城，
像狼群捕杀野牛从四面包围。

他们以闪电之速度行进，
从空中海上和陆地同时进犯，
妖兵猛扑勐迦湿的全境，
把勐迦湿围得像铁桶般。

从空中来的那路妖兵，
就像雨点般从天而降，
妖兵一伙紧接着一伙，
形成多层次的阶梯状。

陆地来的那路妖兵，
就像大风吹沙一样，
一阵接一阵扑向勐迦湿，
势不可当。

从海上来的那路妖兵，
来势凶猛如同狂风大浪，
他们若隐若现神出鬼没，
在海面上乘风踏浪。

一时间天空一片昏暗，
海面上浪卷风狂，
地面上飞沙走石，
天地之间分不清方向。

妖兵像河水决堤一样冲过来，
整个勐迦湿动荡不安，
面对来势凶猛的敌军，
勐迦湿兵将奋起应战。

先到达勐迦湿的妖兵,
受到狙击后往回逃窜,
他们向后方报告情况,
帕拉帝意识到情况不乐观。

狡猾的帕拉帝妖王,
发现勐迦湿已做了防备,
若这样打下去难以取胜,
要改变方法才有希望。

他立即召集其他韦扎团王,
仔细分析勐迦湿情况,
认为对方有准备不能强攻,
应集中兵力分两路夹击对方。

经过重新调整和安排,
分两路突袭左右开弓,
两个韦扎团王负责空中打,
两个韦扎团王负责地面战。

天上地下协同打仗,
互相配合越战越酣,
他们完成了空路控制,
转而对陆地大举进犯。

调整后的妖兵势如破竹,
如同大群黑蜂拥出蜂房,
一时间勐迦湿岌岌可危,
妖兵的嚣张气焰令人心寒。

妖兵个头高大长发齐腰,
龇牙咧嘴样子难看,
他们手持宝剑或战刀,
见房就烧见人就砍。

敌我双方激烈对抗,
面对面刀对刀进行肉搏战,
机灵的妖兵迅速向前挺进,
动作慢的妖兵挨了刀枪。

双方用弓箭猛烈射击,
不少傣军妖兵当场死亡,
有的不分敌我猛冲猛杀,
混战中双方都有大量死伤。

战争的烈火熊熊燃烧,
冲锋的号角震天响,
有进有退有输有赢,
战乱中谁都不相让。

被砍掉头的士兵死了,
活着的又冲上来猛砍,
战死的人像砍倒的树木,
人妖双方尸体堆积如山。

尽管死伤非常惨重,
但士兵作战仍很勇敢,
双方轮番冲杀,
都不惜生命不怕伤亡。

陆地战斗很猛烈,
天空中也在激战,
他们从白天战到黑夜,
从黑夜又战到天亮。

韦扎团王急于求胜,
想速战速决打败对方,
他们的兵力损失惨重,
依然没有撤兵的意向。

天上的妖兵也没能占到优势,
傣兵用弓箭射得他们无处躲藏,
被打中的妖兵纷纷掉落地面,
眼看大势已去妖兵纷纷逃亡。

帕板捧麻典的兵马乘胜追击,
为首的是英勇善战的贺腊满,
贺腊满能飞能跑有勇又有谋,
一个人就杀死敌军三万。

贺腊满一会上天一会落地,
他的厉害令大魔王气恼,
魔王气得把牙齿咬得咯咯响,
破口大骂猴儿贺腊满:

"你这个乳臭未干的小子,
你这个恶贯满盈的贺腊满,
等会儿老子要你的小命,
看你还敢不敢如此猖狂。"

贺腊满听后哈哈大笑,
对魔王的谩骂不以为然,
正义终究要战胜邪恶,
他义正词严地教训了魔王:

"你这邪恶的帕拉帝魔王,
你野心勃勃到勐迦湿来作乱,
老子只是帕板王的一个勇士,
要是不服气就上来比试一番?

"刚才我才小小露上一手,
你应该睁开妖眼好好看,
你们如果不赶快逃命,
连你在内也全部完蛋。"

魔王听到后更加恼怒,
他瞧不起小小的贺腊满,
他声嘶力竭地大骂,
他不服输还想再逞强。

"老子是妖王的头领,
失败不会落到我头上,
哪怕是断了一条腿,
我也绝对不会投降。"

贺腊满听了他的狂言,
一个箭步冲向大魔王,
见到贺腊满冲将上来,
魔王站稳脚跟不躲藏。

魔王已狂言在先,
怎么好意思退让?
为顾全自己面子,
他硬着头皮迎战。

魔王迎战猴儿贺腊满,
贺腊满弄得他手忙脚乱,
贺腊满一战刀砍杀过去,
把魔王的战刀打落地上。

魔王变成赤手空拳,
顿时有些慌张,
魔王见势头不好想逃亡,
贺腊满冲上前拦住不放。

魔王一下子如丧家之犬,
他神色惊慌脸色难看,
他想求饶又拉不下面子,
此时的魔王左右为难。

贺腊满丢下战刀,
要用真本领打掉魔王的嚣张,
贺腊满看出魔王的狼狈相,
要跟魔王空拳对打。

为了引诱帕拉帝上当,
贺腊满装出打不赢的模样,
妖兵们高兴得拍手助威,
怂恿魔王乘胜追打贺腊满。

不料贺腊满来了个"猴旋风",
一拳将魔王打倒在地上,
一脚踩断魔王的右手臂,
魔王认输连声叫不敢。

贺腊满没置魔王于死地,
要让他口服心服彻底投降,
他已了解魔王功夫底细,
心想再让他一遭又何妨。

"你别忘了刚才说过的话，
只要有条腿就要彻底抵抗，
我现在还不想一刀杀死你，
让你继续带领大兵来作战。"

帕拉帝魔王听后不敢吭气，
认为这小伙子确实有肚量，
他愣愣地站着一动也不动，
活像一只斗输的公鸡一样。

贺腊满说完跃上天空，
又换了一把新的刀枪，
返回地面继续开战，
又杀掉妖兵三万。

帕板捧麻典王也亲自上阵，
他一人杀死妖兵两百多万，
妖兵一批倒下又上来一批，
不管多少有来无回全完蛋。

妖兵被杀得鬼哭狼嚎，
哭叫声响彻林海高山，
被砍死的妖兵尸横遍野，
被掀起的尘土到处飞扬。

喊杀声此起彼伏连绵不断，
射出的弓箭似雨点从天而降，
有时场面混乱分不清敌我，
双方杀红了眼都有错乱。

刚加入联邦的九国军队，
打了胜仗个个脸上有光，
他们回去将受到百姓欢迎，
场面会激动人心非常壮观。

汹涌而来的韦扎团妖魔，
见到勐迦湿早已严阵以待，
便没有急于动手先安营扎寨，
等候进攻的最佳时机再作战。

就在夜幕降临的时候，
韦扎团妖魔蠢蠢欲动，
他们摸进勐迦湿阵地，
开始偷袭勐迦湿兵营。

他们分成两路军，
一路有五阿呵，
偷袭空中的阵地，
想消灭帕本的天兵天将。

一路有四阿呵，
偷袭地面上的阵地，
专门对付勐迦湿军队，
还有他们的盟军兵将。

大规模战斗瞬即展开，
妖魔的偷袭没能成功，
因为勐迦湿早已严阵以待，
妖兵遭遇了顽强的抵抗。

空中也和地面一样，
神通广大的帕本王，
立即发出战斗号令，
所有兵将蜂拥而上。

一排排拔星嘎火箭，
射向韦扎团妖兵妖将，
刹那间妖兵被烧死十万，
纷纷从天上坠落死亡。

韦扎团王气得暴跳如雷，
命令妖兵用火箭反击，
火箭纷纷射向帕本阵地，
烧死帕本阵营无数兵将。

地面上的战斗更加激烈，
勇猛的十八勐傣兵紧急应战，
一排排利箭射向偷袭敌军，
韦扎团妖兵被射死三十万。

妖兵也不示弱,
他们纷纷射出弓箭还击,
无数弓箭射向十八勐军队,
射死十八勐士兵三十万。

帕板见妖兵如此狂妄,
他拉开萨哈萨它麻神弓,
射向拥来的妖兵妖将,
这一箭使妖兵死亡无数。

六万位帕雅各显神通,
他们操起萨腊灭弓弩,
射向拥来的韦扎团妖兵,
射死韦扎团妖兵三十万。

受到激烈抵抗的妖兵,
这时终于阵脚混乱,
见地上的妖兵被射死,
便纷纷朝空中逃蹿。

见到空中的妖兵被射死,
妖兵又纷纷回到地面上,
他们上蹿下跳一筹莫展,
上上下下乱作一团。

帕本大声向妖兵喊道:
"你们妄图占领勐迦湿,
你们是痴心妄想,
你们将死无葬身之地。"

妖王恼羞成怒,
咬牙切齿叫道:
"就算全部死光,
我们也不会投降。

"就算全部灭绝,
我们也不后退半步,
哪怕只剩一只手哟,
也要与你们同归于尽。"

韦扎团妖王说完,
立即命令妖兵放箭,
妖兵射出火箭,
烧死勐迦湿士兵三十万。

十八勐的帕雅勃然大怒,
立刻命令士兵还击,
愤怒的勐迦湿士兵,
射死了韦扎团妖兵一百万。

听到妖王狂妄的回答,
帕本和帕贡盘腊愤怒不堪,
帕乾闵婆和帕输达丢瓦咬牙切齿,
帕松和帕轰嘎达莱摩拳擦掌。

他们抓起拔星嘎火弩,
愤怒地向韦扎团妖兵射杀,
两百万韦扎团妖兵,
纷纷死在他们的飞箭下。

贺腊满听了魔王叫嚷,
更是气炸了肺,
他手持宝剑,
跃上天空大骂道:

"狂妄的妖王听着,
别忘了刚才我俩的较量,
刚才我放过你一命,
现在你竟敢如此狂妄。

"你们这帮入侵者别嚣张,
你们马上将死于我的剑下,
而且会死得很悲惨,
不信你们就等着看。"

贺腊满说完手持宝剑,
飞快杀入敌阵,
一万个韦扎团妖兵,
立时在他剑下阵亡。

韦扎团妖王见状，
大骂贺腊满道：
"可恶的小公猴你等着，
今天我就要结束你的小命。"

说完率兵拥向贺腊满，
把贺腊满围得水泄不通，
妖王截住贺腊满，
恶狠狠举刀劈去。

贺腊满艺高胆大，
也高举宝剑挥向妖王，
双方技艺相当，
谁也胜不了谁。

一时间喊杀声四起，
刀剑不停碰撞，
声音传遍整个天空，
如同电闪雷鸣一样。

昆达来开始发威，
昆占和昆松也一起应战，
九个勐的帕雅带领各自兵士，
射出拔星嘎火箭烧死妖兵一百万。

其他六万位帕雅也不甘落后，
立刻命令所有的兵士放箭，
一排排火箭飞向妖兵，
又烧死了韦扎团妖兵一百万。

各勐的军队联合起来，
操起火弩便发射，
韦扎团妖兵伤亡惨重，
地面的战争打得非常漂亮。

地面上的妖兵并不示弱，
继续负隅顽抗，
他们射出一排排利箭，
射死了勐迦湿士兵三十万。

帕板的大王子农板也来参战,
他是帕板与婻甘扎提拉的儿子,
名叫阿奴巴纳捧麻典,
他的武艺十分高强。

此时农板王子见状,
用火箭朝韦扎团妖兵射去,
三十万韦扎团妖兵,
顿时被火箭烧死。

空中的战斗更加激烈,
双方打得如火如荼,
韦扎团妖兵射出火箭,
帕本的士兵被烧死三十万。

技艺高超的贺腊满,
犹如猛虎上下砍杀,
从天空杀到地面,
横冲直撞劈杀妖兵三万多。

此时帕板纵身跃上空中,
用他神奇的萨哈萨它麻神弓,
再一次射向韦扎团妖兵,
妖兵一片嚎叫死伤两百万。

勐迦湿的士兵,
个个怒火攻心,
他们排起弓阵,
万箭齐发射向妖兵。

韦扎团的妖兵们,
个个都杀红了眼,
他们端起强弓,
射死勐迦湿士兵三百万。

勐迦湿天上地下,
杀声震天响,
双方互不相让,
喊杀声冲上云天。

帕本带来的神兵天将,
在妖兵面前英勇善战,
无奈妖兵并非平庸之辈,
那些神兵天将也有伤亡。

帕拉帝妖王看来不甘心失败,
他是个既狠心又蠢笨的魔王,
他还要做最后的垂死挣扎,
他不见棺材不掉泪。

见帕拉帝魔王还是不肯认输,
帕本只好喷出火龙把妖兵驱赶,
他想尽早结束这场残酷战争,
减少勐迦湿兵士的伤亡。

法力高超的帕板也念起神咒,
喷出一团团猛烈的火焰,
烧向地面上的韦扎团妖兵,
敌营里顿时一片鬼哭狼嚎。

韦扎团妖兵魂飞魄散,
急忙折下树枝扑火,
可是火势怎么也扑不灭,
改用水泼更糟犹如火上浇油。

帕本和帕板喷出的火呀,
仍然跟在敌人后面追赶,
韦扎团妖兵无处躲藏,
只好四处散开拼命逃窜。

帕本王使用了火龙战术,
顿时山野燃起冲天火光,
火海烧死了大批的妖兵,
自己的士兵也有一些被烧伤。

火攻威力强大,
敌人亡命逃跑溃不成军,
但妖兵依然不服输,
这又激恼了帕板王。

他愤怒地再向天上喷射大火,
一时间整个天际也充满火光,
这时帕拉帝魔王无可奈何,
熬不过去不得已逃离战场。

因为那大火神秘莫测,
谁也没有解除的秘方,
面对熊熊燃烧的火海,
妖兵妖将们一筹莫展。

大火既烧天空也烧地面,
天上地下的妖兵乱成一团,
妖兵们已没有逃生的退路,
不得已纷纷跳进海洋。

可是火龙烧向了海洋,
出现了水火相容的奇观,
大火烧进水里,
魔王只好调转了方向。

魔王不得已跑到森林里去,
遇上了一位在林中修行的帕腊西,
这位帕腊西名叫阿卡腊萨梨尼,
他法力高强具有禅定神通。

狼狈不堪的魔王立即下跪,
双手合十哀求帕腊西:
"尊贵的帕腊西呀,
请您大慈大悲救救我们吧。

"帕腊西大福王啊,
帕拉帝我向您磕头请求帮忙,
求求您搭救我们兄弟一命,
将大火熄灭我们才能生还。"

帕腊西听后心里非常矛盾,
本来妖魔们就作恶多端,
而拯救生灵他又责无旁贷,
弄得他左右为难不知怎么办。

"如果我熄灭掉这火海,
　你们又打起来怎么办?
　如果你能保证不再打,
　我可以帮你们这个忙。"

帕拉帝魔王听后频频点头,
　承认自己的过错和罪行,
　他答应不再侵略勐迦湿,
　请求帕腊西开恩积德行善。

　　帕腊西心地善良,
　　答应帮他这个忙,
　　他吹出仙气将火熄灭,
　天地间立即出现和煦春光。

魔王和妖怪们行跪合十礼,
　纷纷磕头感谢帕腊西,
　感谢帕腊西救了他们一命,
　大恩大德他们将永世不忘。

帕腊西见妖怪们已经悔悟,
　乘此机会教育他们一番,
　他说人妖之间应和睦相处,
　各过各的日子互相不侵犯:

"从今天起你们要吸取教训,
　不论做人做妖都不可贪婪,
　不要做劫财害命的缺德事,
　知足常乐佛祖教诲记心间。

"你们别以为自己很有本事,
　须知高山之外还有更高的山,
　　强中自有强中手,
　规规矩矩地生活才无灾难。"

魔王听了帕腊西的忠告,
　觉得很有道理心里亮堂,
　再一次向帕腊西表示感激,
　他们向帕腊西称谢道:

"感谢神圣的帕腊西,
要是没有您的慈悲,
我们定会全被烧死,
您是我等的再生父母。"

说完便告辞帕腊西,
返回了喜马拉雅山,
从那次战争以后,
韦扎团们十年再不敢下山。

自此人妖大战宣告结束,
勐迦湿迎来和平曙光,
这场战争死伤惨重,
总共造成十亿妖兵死伤。

勐迦湿国土百孔千疮,
勐迦湿要好好医治战后创伤,
他们清除战争留下的污垢,
掩埋阵亡兵将并安抚遗孀。

勐迦湿举国欢庆胜利,
欢送参战的盟国将士,
他们载歌载舞联欢一个月,
军民同乐到处喜气洋洋。

经过帕板捧麻典的允许,
盟军开始撤离返回故乡,
主人分期分批欢送盟军,
每天送走官兵成千上万。

参战的各个勐的军队,
返回家乡个个神气扬扬,
他们首次参加大型战争,
为此而感到骄傲和光荣。

他们向家里人吹嘘自己,
描绘自己打仗有多勇敢,
打死了多少妖兵妖将,
功绩卓著没人比得上。

帕板的六个王族盟军,
也分期分批返回家乡,
回去后还举行庆祝会,
欢庆此次成功参战。

此次战争帕板为最高统帅,
他亲临战场指挥有方,
还有智勇双全的贺腊满,
他功勋卓著受到众人敬仰。

勐迦湿打败妖魔的进犯,
勐迦湿国防牢固如磐石,
这一仗打出勐迦湿国威,
勐迦湿的威望进一步提升。

佛祖世尊讲完这段故事,
又开始归纳小结,
这是他讲故事的习惯,
他对众比丘和释迦族说:

"众比丘啊,
那些韦扎团士兵们,
被神火烧得鬼哭狼嚎,
就用树枝想把火扑灭。

"后来用水泼也无济于事,
他们啊已经无计可施,
万分惊恐,
就全逃到森林里去。

"他们逃进大森林里,
遇到阿卡腊萨梨尼腊西,
帕腊西神通广大法力无边,
还能到梵天界里去。

"韦扎团士兵就上前叩拜,
请求帕腊西救命,
帕腊西啊具有慈无量心,
怜悯他们把神火熄灭。

"韦扎团士兵们非常高兴,
向帕腊西表示感谢!
他们感谢帕腊西救命之恩,
并颂扬帕腊西的功德说:

"'要是没有神圣的帕腊西,
以慈悲心肠拯救我们的生命,
我们必定会被全部烧死,
您是我们的再生亲爹娘。'

"说罢他们就告辞离开,
返回高高的喜马拉雅山,
韦扎团这次发动侵略大战,
结果却打不赢帕板捧麻典。

"在这场战争中死伤将士不少,
妖兵死了十亿,
帕板那方也死伤无数,
遭受巨大的损失。"

第二十六章

夫妻婚姻天注定
前世今生皆有缘

听吧，美丽的姑娘，
如金藤绕刺丛一样，
阿哥的故事还没讲完，
我将为你继续歌唱。

我讲的故事要转话题，
讲述帕板捧麻典前世姻缘，
我要唱的歌更加动听，
它能打动你的心弦。

前世有缘分，
今世情难了，
前世定姻缘，
今世情难断。

阴差阳错，
阳错阴差，
情感交融，
融进谁家？

我的故事像茂密的原始森林，
盘根错节都各有根基和藤蔓，
我的故事流传在傣家人心中，
年代久远至今已经很长很长。

这故事虽然古老，
老一辈却记得牢，
人世间广泛传唱，
民间一代代流传。

人做事往往会意想不到，
当你想到时已经变了样，
这就叫做一心不能二用，
做事时心要专一不可分散。

好比你看到一只松鼠在树上，
前面又突然跑来只马鹿或山羊，
当你拿出弓箭准备射杀马鹿时，
一朵美丽的野花又出现在眼前。

结果马鹿已经跑掉，
松鼠和山羊也跑光，
最后两手空空一无所获，
后悔当初太荒唐。

这时你才觉得机遇珍贵，
缺少美味佳肴无法进餐，
叹气后悔已是欲哭无泪，
这种错失良机的事谁都会碰上。

现在我要吟唱的歌，
同上面的比喻一样，
它是关于婚姻缘分的事，
缘分存在于每个人的身上。

即使你轮回转世一百次，
缘分永不消失始终陪伴，
有时又让人感到可怕，
摆脱不了又不如心愿。

话题要转到古老的传说，
帕板捧麻典巡视到达天堂，
这是他一次奇怪的经历，
他很愉快地在天宫游玩。

他在天宫遇到前世妻子，
名叫婻故拉提娜，
应该说这是他俩的巧合，
两个人连做梦也没曾想到。

帕板捧麻典突然看到前妻背影，
就大声把婻故拉提娜呼唤，
她回头看到前世的丈夫，
害羞得低下头不敢将他看。

因为她曾经做错事，
愧对自己心爱的夫郎，
从此她心里总不愉快，
连睡觉也忐忑不安。

这事又得追溯到很久以前，
先讲婻故拉提娜的父亲帕纳腊王，
他在一次巡视时遇到个富商，
两个人一见如故相见恨晚。

帕纳腊王有个女儿叫婻提拉，
她很美丽像一朵盛开的凤凰花，
后来父王将她许配给那个富商，
之后婻提拉就改名叫婻故拉提娜。

这商人名叫纳达马，
娶了婻故拉提娜后生活美满，
夫妻俩走南闯北做生意，
夫唱妇随天天有钱赚。

有一次夫妻俩到达一个国家，
一个名叫勐沽巴的大国，
他们来到一个美丽的池塘边，
那池塘属于曼坝尖寨子。

夫妻俩在池塘边做生意，
出售他们带来的特有物产，
生意做得红火来买的人很多，
他们受到欢迎心情很舒畅。

当时有一个人名叫苏巴纳，
他是富翁的儿子，
富翁叫他外出学习本领，
临行时父亲把护身符放在他身上。

他随身带的还有宝刀和宝箭,
富翁还教他法术保护自己平安,
苏巴纳到勐迦湿大国求学,
他求学三年大有进展。

学成之后他准备返回家园,
途中经过勐沾巴,
他在一个头人家做客,
有一天独自一人逛赶摆场。

他去到池塘边的赶摆场,
无意中遇到纳达马,
纳达马是当时的名字,
也就是后来的帕板捧麻典王。

苏巴纳在他那里买到不少东西,
两人因此成了好朋友无话不谈,
苏巴纳在头人家住了很长时间,
他几乎天天到纳达马摊档闲玩。

有一天纳达马到别处推销货物,
就叫妻子一个人留守,
婻故拉提娜年轻美丽吸引很多顾客,
小伙子们整天围着她转。

苏巴纳也天天往她那里跑,
被她的风姿迷得神魂颠倒,
苏巴纳乘她丈夫不在,
帮她做事讨她喜欢。

苏巴纳不知不觉坠入爱河,
迷上了婻故拉提娜老板娘,
不久两人勾搭上,
苏巴纳同婻故拉提娜上了床。

天长日久已很难脱钩,
缘分这根线无法扯断,
到了外人议论纷纷时,
他俩才意识到但为时已晚。

有一天纳达马从外地回来,
　　撞见他俩正睡在床上,
当时他们甜甜蜜蜜有说有笑,
纳达马如五雷轰顶脸色蜡黄。

　　他恨自己管不住妻子,
　　他恨妻子太轻浮淫荡,
公然干出见不得人的事,
他对妻子已经失去希望:

"你既然对我离心离德,
　如果你们俩真有情缘,
　　我就成全你们的好事,
你就跟他走别待在我身旁。"

面对事实婻故拉提娜只好认错,
　她承认对不起丈夫有损形象,
她说自己耐不住寂寞才走邪路,
婻故拉提娜恳求丈夫给予原谅。

而那个小伙子却一概否认,
　　他说他们只是在床上玩,
　　他俩只不过是交个朋友,
并非要把他们夫妻拆散。

纳达马不相信苏巴纳的辩解,
说交朋友哪会像你们这样?
　　两人在床上亲密搂抱,
交朋友哪像你们这种模样?

　　纳达马接着还挖苦说:
"你们很会选择时机啊,
　乘我不在鬼混在一起,
事到如今还有脸撒谎!"

　　纳达马把他俩一块带走,
去找曼坝尖寨头人陈情,
他希望头人能说公道话,
对这件丑事做出评判。

纳达马只说见他俩在床上，
没有见到他俩把衣服脱光，
头人觉得通奸的事实不足，
两人在床上不等于通奸。

最后头人要求苏巴纳注意，
今后不要再去那个地方，
找别人老婆聊天会惹是非，
免得别人丈夫外出办事心不安。

头人还批评婻故拉提娜，
不能随意找男人玩，
说话也不能太随便，
双方注意就不会惹麻烦：

"我作为寨子的头人，
谁对谁错我不好讲，
说话要凭事实讲道理，
请你们双方相互原谅。"

经头人这么一调解，
这件事情总算了断，
这场风波终于平息，
纳达马拉着妻子把家还。

可是绿叶蛇啊，
爬行时总是把腰弯，
偷了情的野男人，
哪会就此罢休？

纳达马也心中有数，
老婆的心事他一眼就看穿，
这一次虽然证据不足，
但这件事情不等于从此就完。

"如果你俩真有那种事，
肯定还会继续淫乱，
如果被我亲眼见到，
再来整治你也不晚。"

纳达马这样一想,
心里不再有负担,
从此他专心观察,
一定要识破他俩的勾当。

婻故拉提娜也告诉情人,
他们的相爱可以继续发展,
到她家来玩无所谓,
不必为此心惊胆战。

小伙子听了她的话,
爱火重新被点燃,
他告诉寨子里的头人,
想到别的地方去看看。

他刚走下头人的竹楼,
就去找商人的老婆玩,
同婻故拉提娜甜蜜幽会,
两人在一起的时间越来越长。

小伙子同头人说出去玩,
其实是向头人撒谎,
他同情人如胶似漆,
那样子就像蜜蜂见到糖。

道高一尺魔高一丈,
两人行为瞒不过老板,
纳达马早已派人监视,
对两人鬼混准备现场捉双。

可惜老板派的暗探不中用,
一心只想到捉奸要捉双,
只注意他们在一起睡觉,
却没发现他们另有打算。

当两人通奸被老板抓到把柄,
老板娘已跟奸夫远走他乡,
他俩选在半夜里一块逃走,
纳达马得知消息但为时已晚。

他俩一起到达男方老家,
成为正式夫妻出双入对,
苏巴纳是个有钱人子弟,
他父亲有八十亿的财产。

父母见到如花似玉的儿媳,
老两口高兴得心花怒放,
见到他俩恩爱像对斑鸠鸟,
老两口喜在心头笑在脸上。

父母后来得知他俩是私奔,
才明白儿子偷别人的婆娘,
但木已成舟无法挽救,
只好暗地里拴线对外不声张。

父母想两个年轻人可能真相爱,
否则女的不会抛弃自己丈夫,
事情已闹到如此地步,
只能同意他俩结合。

再说那个纳达马商人,
回到家才发现空空荡荡,
他再也看不到老婆踪影,
后悔找了个不中用的暗探。

他得知老婆已跟人私奔,
便找寨里头人问明情况,
头人把事情经过叙说一遍,
两人无可奈何面对面感叹。

纳达马说小伙子虽然可恶,
自己的妻子也太不像样,
她同自己生活已三年整,
见到年轻人又移情别恋。

这种女人也不是好东西,
把她找回来也难续姻缘,
她既然爱上别的男人,
说明她心已不在我身上。

对待这样缺德的女人,
倒不如把她彻底遗忘,
省得把她找回来又跑掉,
到头来只会自找麻烦。

再说婻故拉提娜同苏巴纳过日子,
两人相亲相爱,
一起生活整整二十年,
婻故拉提娜已彻底把纳达马遗忘。

自从婻故拉提娜离开后,
纳达马生活感到孤单,
他只好重新找个女人,
是个非常漂亮的小姑娘。

姑娘的名字叫婻吉西,
她是头人勐吉西的姑娘,
她年轻貌美像一朵缅桂花,
天底下所有少女都比不上她。

姑娘见到纳达马老板,
长得英俊又很有才干,
纳达马家里又很有钱,
这样的男人她当然喜欢。

勐吉西也赞成这桩婚事,
这对恋人于是结对成双,
两人结婚之后情投意合,
他们一块生活幸福美满。

婻吉西很爱自己丈夫,
说话直率感情奔放,
两家人门当户对,
生活富足成为世人美谈。

这对恩爱的夫妻啊,
同样是前世定下的姻缘,
前世他们同滴水在地上,
感动了土地公公和土地娘娘。

前世他俩就是一对恩爱夫妻,
前世他们把波罗蜜同献,
前世他们同滴一杯水,
今生他俩又成婚同睡一张床。

他们做生意赚钱,
烧香拜佛献经书天天不断,
他们盖了许多座寺庙佛塔,
修路架桥打水井不断行善。

他们一直不忘做善事,
为百姓做的好事数不完,
他们在人间的所作所为,
天神看得清楚记录在案。

那时的佛教非常兴盛,
家家信佛家家有佛龛,
那时佛祖巡游天下各地,
把他们的好事广为宣传。

死后他们的灵魂升上天堂,
男的在天庭里当上一名仙王,
女的也同丈夫一块,
两人形影不离朝夕相伴。

在天上他俩又结为夫妻,
享尽天堂之乐比人间还美满,
他们的结局令世人羡慕,
人们学习他们积德行善。

纳达马的前妻嫡故拉提娜,
同苏巴纳私奔后也升上天堂,
他们住在天宫里享尽荣华富贵,
他们的好结局功劳有父母一半。

因为他们家原来很有钱,
父母去世后苏巴纳继承遗产,
家里的财富有七十个亿,
黄金白银无数。

他们把财富献给佛祖，
夫妻俩赕佛念经天天不断，
福气于是照耀夫妻俩，
死后灵魂也升上天堂。

他们住在天堂的达瓦顶沙宫，
苏巴纳便成为达瓦顶沙天王，
嫡故拉提娜到天堂后跟着苏巴纳，
两人的夫妻缘分依然保持。

嫡吉西同丈夫形影不离，
在天国里生活幸福美满，
他们在天国里过了一万年，
享尽清福天天到处游玩。

尔后他们又轮回转世，
下凡回到了人间，
纳达马降生到勐迦湿国，
成为现在的帕板捧麻典王。

至于苏巴纳和嫡故拉提娜，
他们道路曲折并不顺畅，
因为苏巴纳经常爱饮酒，
酒醉闹事横躺在天堂上。

天天喝醉酒有悖佛教戒律，
他因此被扫出天庭门槛，
降到了艾孙宽广的龙国，
天王下令不许他重回天上。

苏巴纳生活在龙国里，
日子过得倒也清闲，
可惜龙王当时还在位，
他无所事事无职无权。

其实龙王也不敢启用他，
因为他曾偷别人妻子占为婆娘，
而妻子嫡故拉提娜也受惩罚，
夫妻俩在龙国只能打发时光。

他们在龙宫生活一千年，
接着轮回转世到了人间，
在人间又生活了一万年，
寿终后才重新升上天堂。

话说帕板捧麻典在天宫游逛，
无意中遇到前世妻子婻故拉提娜，
一见面彼此都非常惊讶，
见面后天天思来夜夜想。

婻故拉提娜是个美丽少妇，
她是个神女依然体态丰满，
帕板捧麻典想找前妻重续旧情，
但是名分不正感到很为难。

而婻故拉提娜也很思念前夫，
她苦苦思索这个前世姻缘，
她究竟应该归于哪个男人？
百思不得其解心里忐忑不安。

婻故拉提娜对旧情牵肠挂肚，
帕板捧麻典也同样思绪千万，
他仔细察看天上的美景，
无意中发现天庭墙上图案。

图案里清楚写着人在世上的岁月，
连同求神拜佛也全记录在案，
写明了年月日时的所有细节，
好事坏事清清楚楚无一遗漏。

他于是不得不仔细考虑，
找情妇也是错误一桩，
违反天规的事他不敢做，
只好克制住儿女情长。

他思念宝石般的前妻，
只能每隔七天前往探望，
两人在一块游玩了一天，
两人在一起共诉衷肠。

帕板在天上住了二十一天,
他不甘寂寞只好去找姑娘玩,
因为那些姑娘都还没有嫁人,
去找她们玩与天规不相干。

他第一个找的是少女婻苏达玛,
接下来他又去找婻苏古达姑娘,
他还同美丽的婻苏提娜打得火热,
他天天同女人在一块玩心情舒畅。

在婻苏达玛的塔楼里,
他玩得开心忘掉烦恼,
这姑娘的柜子里摆放许多鲜花,
塔楼里空气清新令人流连忘返。

婻苏古达的塔楼也很豪华,
位置在婻苏达玛的下方,
两人房里的摆设都差不多,
楼房的样式一样雄伟壮观。

婻故拉提娜居住的塔楼,
坐落在北面的仙花园旁,
塔楼的造型别具特色,
与周围的塔楼不一样。

整个塔楼四周宽敞明亮,
接待客人还有客厅大堂,
每次帕板捧麻典去找她聊天,
他俩只能在客厅里团圆。

婻故拉提娜有许多仙女服侍,
个个都是美丽的姑娘,
她们见到帕板捧麻典光临,
见一面仿佛同他睡一晚上。

美好的回忆令人难忘,
天堂的生活同人间不一样,
帕板捧麻典迷恋天堂生活,
尽情享受美好时光。

第二十七章

天庭举行大盛典
歌舞升平乐开怀

听吧，父老乡亲，
我的歌还没唱完，
忉利天的故事更精彩，
阿哥将为你们继续歌唱。

在美丽的忉利天，
住着天王帕雅因，
他每年都要举行大聚会，
每次盛会举行七天时间。

每次到聚会这一天，
神仙们都要来参加，
仙女们当然不会少，
为盛会献上精彩歌舞。

众神之王的帕雅因，
拥有至高无上的权力，
每天都有众多宫女来侍候，
还有嫔妃来问安。

他的宫女之多呀，
多得如同天上的星星，
他的宫女个个都是仙女，
他的宫女个个都很美丽。

帕雅因的王宫宽大无比，
那里住着四千五百万仙女，
这些仙女都是他的嫔妃，
她们的名字太多不容易记。

喃苏扎娜和喃苏坦麻,
喃苏及达和喃苏念达,
这四位是帕雅因的王后王妃,
是天王最宠爱的妻子。

天王的王宫富丽堂皇,
到处镶满珍珠宝石,
反射出五光十色的景象,
让人看后眼花缭乱。

王宫有高大的城墙,
城墙有百层围栏,
王宫内舒适迷人,
飘荡着花草的芬芳。

四个王后王妃像四朵花,
她们个个娇美无比,
如花似玉的仙女们,
没有一个比得上她们美丽。

她们分别住在四个王宫中,
东西南北各占据一方,
喃苏扎娜王后住在北宫,
她的宫殿高达二十层。

大王妃喃苏坦麻住在南宫,
二王妃喃苏念达住在西宫,
还有三王妃喃苏及达呀,
就住在东边的王宫里。

威严的帕雅因有情有义,
非常宠爱他的四个爱妻,
他找来众多的宫女陪伴,
寸步不离服侍四个爱妻。

这些美丽的宫女呀,
共有四千五百万位,
每天围着王后和王妃转,
精心把王后和王妃护理。

听吧，各位男女老少，
年轻的姑娘和小伙子，
阿哥将为你们继续歌唱，
四大天王的寿命有多长？

他们的寿命不说不知道，
一说出来你们会吓一跳，
还有各天层里神仙的寿辰，
也都长得令人不可思议。

这些事啊不是我编造，
是位圣人讲述后流传下来，
在经书里也有记载，
人们一直相传到现在。

听老人们说神仙寿命很长，
四大王天①里的寿命最短，
那里神仙的仙寿是五百年，
也就是六千个月十八万天。

要是换算成人间的年数，
那就是九百万年之长，
如果换算成天数的话，
就是三呙帝零两千四百万。

忉利天里的寿命多一倍，
那里神仙的仙寿是一千年，
就是一万两千个月三十六万天，
换算成人间岁数是一千八百万岁。

夜摩天里的寿命又增加一倍，
那里神仙们的仙寿是两千年，
如果换算成人间的岁数，
足有三千六百万岁之多。

---

①四大王天：即四大天王所在天层。四天王又称护世四天王，是佛教二十诸天中的四位天神。

兜率天里的寿命更长，
那里神仙的仙寿是四千年，
换算成人间的岁数更吓人，
岁数超过七千两百万岁。

化乐天①里的寿命又增加一倍，
那里神仙的仙寿长达八千年，
换算成人间的岁数令人咂舌，
足足有四呙帝零四千四百万岁。

他化自在天②里的寿命又翻番，
那里神仙的仙寿是六万六千岁，
如果换算成人间岁数不可思议，
有二十二呙帝零一千八百万岁。

也有的神仙寿命有变化，
功德多的岁数就会更长，
他们的年龄会增长好几倍，
所以说行善积德有好报。

功德少的就不会一样，
比上面说的年龄还要少，
究竟少多少岁就不好说，
这要看是否做了缺德事。

天界里也有结婚生子，
男女神仙也有儿有女，
她们也会怀胎和分娩，
他们都生在各自天层里。

天上的仙女也有爱情，
她们也同其他神仙一样，
也会同男仙偷情怀孕，
孩子也在天界里出生成长。

---

①化乐天：六欲天之第五层天，在兜率天之上，他化自在天之下。以人间八百岁为一日一夜。 ②他化自在天：佛教欲界七天中最高一层天，又称他化乐天。

只是她们不用经受磨难,
她们的怀胎和凡人不一样,
分娩生育同凡人也有区别,
凡人和神仙不可混为一谈。

凡人怀孕时挺着大肚子,
要怀胎十月才能分娩,
而且分娩时会痛苦不堪,
拼命挣扎才把孩子生下来。

天界里不是这样,
她们不会怀着大肚子,
不用怀胎十个月,
分娩时也不会那么凄惨。

她们分娩的时候呀,
都是在夜深人静时,
所有孕妇都满脸笑容,
生孩子没有痛苦。

天仙年老时也不像凡间,
依然皮肤细嫩如姑娘,
不像凡人变得皮皱肉瘪,
不管男女都跟年轻时一样。

人间有九十六类疾病,
他们一类不会沾边,
他们身上不会出汗,
终日干净非常清爽。

他们身上没有任何异味,
不会像凡人那样有腥臭,
他们说话温文尔雅,
还带有扑鼻的芳香。

神仙同凡人吃的也不一样,
他们吃的是仙食不用煎炒,
神仙还有个奇怪现象,
吃了食物都没有粪便。

他们吃了食物以后呀，
从不用大小便，
味道全渗透到身体里，
然后消失得无影无踪。

神仙们吃东西全靠意念，
想吃什么就有什么食物，
立刻出现在眼前伸手可及，
不像人间种庄稼那么辛苦。

还得动手生火煮饭做菜，
弄得满屋子里烟雾缭绕，
他们不论时间长短，
从不担心不吃饭会饿肚子。

神仙老了会有一种现象，
会产生即将寿终的预感，
在他们身上有征兆出现，
这种征兆先后共有五种：

仙花开始枯萎，
衣物蒲团也开始褪色，
眼神开始无光，
皮肤失去光泽而且流汗。

身上原有的香味哟，
也会全部消失殆尽，
身体开始干瘪萎缩，
随从和财物瞬间消失。

凡人哟就算能活一万岁，
死后再投生轮回无数次，
即便有的轮回十万世呀，
也比不上神仙的岁数长。

人们轮回了十万世，
当了女儿又当娘，
当了孙子当爷爷，
神仙一生还没过完。

听吧，你别嫌我唠叨，
　阿哥将为你们歌唱，
　歌唱仙王在喜林苑里，
　举行盛大活动的故事。

威严的帕雅因是天王，
他坐在高高的宝座上，
他期盼着七天的盛典，
终于这天的日期已到。

他立刻传来天神韦术甘麻，
命令他快快击鼓诏告天庭，
通知两层天里的神仙们，
到喜林苑参加七天的盛典。

　韦术甘麻当即领命，
　　用力敲鼓咚咚响，
　　鼓声传遍了两层天，
　　乐坏了男女众神仙。

　　听到咚咚的鼓声，
　　神仙们闻风而动，
　两层天的神仙立即起程，
　兴致勃勃地赶往喜林苑。

　　各路神仙一起行动，
　其中有护世四大天王，
　　还有东方持国天王，
　南方增长天王也前往。

西方广目天王立即起程，
北方多闻天王更加激动，
他们各自带着随从同行，
威风凛凛地来参加盛典。

先度必达天神带着十万随从，
　　出行队伍浩浩荡荡，
苏亚麻天神也带着十万随从，
　　出行队伍非常风光。

帕雅瓦伦那也带着十万随从,
踩着云朵匆匆赶来,
帕雅巴杂巴帝也带着十万随从,
马不停蹄赶往喜林苑。

帕雅梭马带着十万随从赶来,
前呼后拥得意洋洋,
帕雅玉沙纳嘎也带着十万随从,
向着喜林苑方向疾奔。

因达伽韦术甘麻天神也来了,
他的随从有大队人马,
阿故韦术甘麻天神也来了,
他的随从也不少。

摩达利韦术甘麻天神也来了,
他带着大队随从同行,
宰然达①王宫里的男女神仙,
跟随帕雅因一起到来。

神通广大的蔼罗荙孥②,
是一头威武巨象,
拥有高超法力,
它会变幻许多法术。

它的背有五十由旬宽,
有一百由旬长,
它还会变出二十八个头,
每个头上长有两颗长牙。

蔼罗荙孥的长牙很奇特,
每颗长牙上有七个花池,
而且花池里还另有名堂,
池里面都长有七株荷花。

每株荷花有七片花瓣,

---

①宰然达:帕雅因的宫殿。②蔼罗荙孥:三头香叶象,帕雅因的坐骑。

每片花瓣上有七座宫殿，
每座宫殿里有七个仙女，
每个仙女有七个侍女。

听吧，美丽的姑娘，
如果让阿哥来计算，
蔼罗莜琴有多少颗牙，
这个我就有点为难。

有多少花池和荷花，
有多少花瓣和宫殿，
有多少仙女和侍女，
阿哥实在无法计算。

如果粗略来估算，
可以得出大概数字，
用二十八乘以二，
得到五十六颗牙。

用五十六乘以七，
得到三百九十二个花池，
用三百九十二乘以七，
得到两千七百四十四片花瓣。

两千七百四十四乘以七，
可以得出宫殿的数字，
是一万九千二百零八座，
这个数字应该是准确无误。

用一万九千二百零八乘以七，
得到一十三万四千四百五十六个仙女，
用一十三万四千四百五十六乘以七，
得到九十四万一千一百九十二个侍女。

宽大的象背上呀，
能容下多少人？
看到上面的数字，
会令人瞠目结舌。

加上帕雅因的四个妻子,
以及帕雅因的众多宫女,
再加上四个妻子的侍女,
总共就有四千五百万。

还有帕雅丢瓦拉们,
和三百二十阿呵的随从,
这个数字也多得吓人,
但还坐不满宽大象背。

在大象肚皮下的男神女仙们,
也有三十二阿呵,
在大象前面的男神女仙们,
也有三十二阿呵。

在大象左边的男神女仙们,
也有三十二阿呵,
在大象右边的男神女仙们,
也有三十二阿呵。

在大象后面的男神女仙们,
也有三十二阿呵,
说这些数字会觉得枯燥,
但都实实在在存在。

这头蔼罗茇挐神象,
有时瞬间消失,
有时变成神仙,
为帕雅因消遣助兴。

喜林苑里人头攒动,
帕雅因宣布盛典开始,
顿时鼓乐齐鸣轻歌曼舞,
盛典的帷幕就此拉开。

六万尊神祇神女,
吹起了仙海螺,
六万尊桑沙韦术甘麻天神,
吹起了仙甘罗。

六万尊桑黑韦术甘麻男天神，
还有六万尊那芭丢瓦拉仙女，
吹起了悠扬动听的仙笛，
为盛典增添了美妙仙乐。

六万尊巴利哇迭帝伽女仙，
拉起了声音婉转圆润的古琴，
六万尊呙塔丢瓦拉女仙，
弹起了声音铿锵有力的仙古筝。

六万尊毗梨韦术甘麻男天神，
和毗梨丢瓦拉女仙一起演奏，
他们敲起了吉祥大鼓，
那鼓声震慑整个天堂。

六万尊扎故帕韦术甘麻男天神，
一块敲起了响亮的仙铓锣，
六万尊厄伽波卡腊韦术甘麻男神，
敲起了音调独特的单面鼓。

撒木哈毗梨韦术甘麻天神，
敲起了音色各异的大排鼓，
六万尊宰雅芒嘎拉韦术甘麻男神，
诵读了吉庆如意的祝辞。

伴随着悠扬的乐器声响起，
神仙舞者纷纷登场，
六千尊扎麻拉麻莫腊韦术甘麻男神，
手持孔雀翎和拂尘翩翩起舞。

六千尊咖雅迪女仙，
放开歌喉尽情歌唱，
唱起了优美动听的仙歌，
清脆悦耳的声音令人陶醉。

冈沙丢瓦甘雅仙女们，
踏着男神们的鼓点，
不停地敲着仙锣，
非常合拍优美动听。

六千尊咖亚哇扎拉嘎然底仙女,
她们手持纯洁的白花,
边歌边舞奉献给天王,
婀娜的身姿令人陶醉。

还有众多的红花美貌仙女,
她们是六千尊拉达娜玛拉丢瓦,
她们手持红色的仙花来回舞动,
身姿优美地行走在喜林苑里。

紫花美貌仙女的数量也不少,
共有六千尊甘哈玛拉丢瓦,
她们手持紫色的仙花来回舞动,
色彩鲜艳行走在喜林苑里。

六千尊榭哒美貌仙女手持黄花,
来回舞动煞是好看,
六千尊麻如啦莫拉丢瓦仙女,
如金孔雀轻轻展翅翩翩起舞。

六千尊干杂丢瓦仙女,
她们扮成仙白鹤,
在空中边舞边鸣,
犹如真仙鹤一样。

六千尊伽芭丢瓦仙女,
她们扮成喜鹊,
在空中边舞边叫,
像喜鹊一样啼鸣。

六千尊苏晚那别卡萨故纳丢瓦仙女,
她们扮成鹦鹉一样的造型,
在空中唱着美妙动听的歌,
吸引了众仙的目光。

六千尊苏甘塔丢瓦仙女,
飞到空中抛撒着红檀香,
芳香四溢飘洒在天际,
在喜林苑上空慢慢扩散。

还有迪拔帝丢瓦仙女,
打来喜林苑荷花池的水,
放入檀香和种种香料,
泼洒在年轻的神仙身上。

神仙们的服装饰品,
每一件都异彩纷呈,
有的穿绿色仙装,
表明是绿色幸运之神。

有的穿红色仙装,
佩戴红色装饰品,
这是身份的象征,
表明是红色幸运之神。

有的穿金色仙装,
佩戴金色装饰品,
亮出自己的身份,
表明是金色幸运之神。

男神女仙们的衣着轻盈,
各色各样华丽香馨,
五颜六色光彩夺目,
把忉利天点缀得五彩缤纷。

第二十八章

众神聚会忉利天
异彩纷呈展奇观

喜林苑中绿树成荫,
别有一番迷人景色,
一棵棵仙树挺拔笔直,
非常规整令人心情舒畅。

绿荫下没有杂乱的荆棘,
只有松软的青草覆盖地上,
树木不像人间歪三倒四,
树枝也没有虫蛀变形情况。

有的仙树从上绿到底,
闪烁着绿色的光芒,
有的仙树从上红到底,
连成一片仿佛红海洋。

也有的仙树上下黄色,
像黄金一样金光闪闪,
还有的仙树通身发白,
闪烁着耀眼的银色光芒。

微风轻轻地吹过来,
万千树枝随风摇摆,
发出悦耳的摩擦声,
奇妙无比令人心旷神怡。

果园里种满奇花异果,
有刺桐树和芒果树,
还有树菠萝和橄榄,

果树上结满芒汗①和芒金②。

詹部树粗大挺拔,
青果树皮厚雄壮,
每种树都有各自的特点,
所有花果都散发出幽香。

还有无花果树和榕树,
树上挂满红红的果实,
还有凤尾竹和黄竹,
这几种在人间也常见。

还有埋悍栋③和埋农婻④,
一棵棵挺拔岸然,
一株株婀娜多姿,
它们只生长在天堂。

天界里的树木也很奇特,
不像人间的树木有大有小,
需要从树种发芽慢慢长大,
因此有十年树木百年树人说法。

天界的树一长出地面,
刹那间就定型不变样,
不论树木高矮和大小,
一出现就一成不变。

天堂里空气很清新,
永远不会刮风下雨,
天堂里没有小害虫,
树木也不会遭虫蛀。

每棵树一旦开花,
就永远不会凋谢,
每棵树结的果实,

---

①芒汗:傣语,一种水果。 ②芒金:傣语,一种水果。③埋悍栋:傣语,一种乔木。④埋农婻:傣语,一种乔木。

永远不会腐烂掉落。

忉利天的底部，
就像一块玻璃板，
长出的仙树呀，
好似摆在玻璃板上。

喜林苑园林的底部，
不像人间树林那样，
遍地堆满腐枝烂叶，
横七竖八杂乱不堪。

园林没有虫子和蚂蚁，
像金箔和玻璃板一样，
喜林苑的园林确实可爱，
非常平坦干净美观。

园林里的树根很整齐，
不像人间的树根很凌乱，
这些仙树像被削平根部，
经过加工放置在那里一样。

花朵的样子有些特别，
就像用金银精心打造，
有的枝丫弯垂拖地，
地面平整如铺上金箔。

喜林苑的树叶也永不掉落，
不像人间树叶一岁一枯黄，
没有蚂蚁前来觅食，
也不用园丁打扫。

当然人间动物天堂也有，
各种昆虫鸟兽也不少，
不过全是神仙变成，
习性同人间不一样。

花果飘香芬芳诱人，
蜜蜂会在花丛中飞翔，

铁嘴蜂也在上面纷飞,
痴迷地采集花蜜。

蜜蜂采蜜是一道风景,
神仙们会站在旁边观赏,
尤其是飞翔时发出的声音,
令人陶醉流连忘返。

喜林苑园林有许多大象,
发出的吼声非常响亮,
会把整个喜林苑震响,
当然不必害怕无需惊慌。

园林里还有许多仙马,
它们嘶叫着到处奔跑,
仙马的嘶叫声很动听,
仿佛一曲优美的乐章。

当神仙不是那么容易,
必须做到功德圆满,
他们的相貌也比较特别,
同我们人类的不一样。

那里有男神仙女神仙,
还有嘎莱亚尼①仙女,
他们有同样美丽的相貌,
找不到任何丑陋的模样。

身体高矮胖瘦都相同,
谁也不会比谁高,
谁也不会比谁矮,
仿佛一个模子做出来。

他们的脚趾手指也特别,
全都一样匀称修长,
不像凡人脚趾斜斜歪歪,

①嘎莱亚尼:吉祥仙女的称号。

手指有粗有细。

他们的手臂腿脚也很好看,
圆润丰满光滑细腻洁白,
不像凡人手臂腿脚长满毛,
而且布满皱纹青筋外露。

他们的手指没有指节,
只有指尖和指根,
指根到指尖由粗渐细,
修长如芒皓龙①。

他们的指甲不长不短,
而且永远不用修剪,
不像凡间俗人指甲,
要经常修剪磨滑。

他们的手指脚趾很干净,
不像凡人那样有污垢,
尤其是贪玩的小孩子,
经常要大人操心洗手。

神仙的头发黑色亮丽,
每根足有三肘那么长,
长出的头发都一样平整,
仿佛用梳子梳过一样。

头发平整光滑而且发亮,
不像凡人头发经常纠结凌乱,
几天不洗头就会有一股汗味,
有的还会变得枯黄难看。

他们的双耳从不戴饰物,
不像凡人经常戴耳环,
他们的眼珠像圆润的黑宝石,
又大又黑又明亮。

---

①芒皓龙:傣语,一种白色野果。

他们的脸面光滑平整圆润,
完美得找不出一点瑕疵,
女神仙的面颊白里透红,
仿佛用金子镶嵌一样。

神仙的嘴唇很薄很齐,
当他们闭着嘴的时候呀,
只能看到闭合的一道线,
不像凡人嘴唇外翻还长疙瘩。

他们有三十二颗牙齿一样长短,
整齐如无患子的果核,
近处看牙齿有点红润,
远处看就变成了黑色。

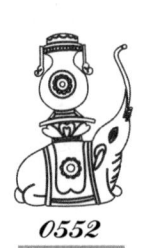

他们的牙齿从来不用染,
他们微笑的时候很好看,
双唇间露出一点黑牙齿,
仿佛两座悬崖间的一线天。

女神的脖子很漂亮,
脖颈不长也不短,
细嫩圆滑分三截,
非常细腻非常美观。

她们讲话时轻声细语,
温柔似水甜如蜜糖,
发出的声音很吸引人,
犹如琴声一样美妙动听。

女神仙的乳房很坚挺,
不会因为长胖而变大,
也不像凡人生孩子后就下垂,
任何时候都楚楚动人。

她们那丰满的乳房呀,
就像模子浇铸的一样,
非常适中不大也不小,
永远是那样坚挺可爱。

她们的眼睛既明亮又深沉,
能看到一由旬远的地方,
明亮的眼睛呀从来不眨,
每时每刻都睁着不闭。

她们的脸蛋白里透红,
像要滴出金水一样,
神仙们没有口水,
也没有痰和鼻涕。

神仙们不屙屎拉尿,
十六层天界都一样,
没有人类的腥臭脏东西,
所以天堂干净一尘不染。

他们无病无灾,
从来不用吃药,
不像凡人会生疮疤,
还会生病有灾难。

他们善良正直说话诚实,
如同佛祖教导不说诳语,
不像凡人会说谎话欺骗人,
讲的话绵里藏针阴险狡诈。

因为神仙没有屎尿等脏物,
所以不会有腥臭令人心烦,
他们嘴里和身上只有香味,
非常洁净永远散发出芬芳。

他们身上没有灰尘,
也没有汗渍和污垢,
所以从来不用洗澡,
可以减少很多麻烦。

不像凡人那样天天得洗澡,
不洗掉汗渍和污垢就会发臭,
头发还会长跳蚤虱子和臭虫,
所以神仙的生活比凡人简单。

忉利天中有七种仙花，
一种是绿色的腊迪花，
一种是黄色的阿如花，
一种是红色的伽麻花。

一种是白色的甘哈那花，
一种是紫色的萨芒嘎花，
一种是粉红的吉腊尼花，
还有一种是蓝色的嘀瓦花。

这些鲜花是天庭的征兆，
是神仙做事情的依据，
如同凡间的钟表，
它们开花不在同一时段。

比如腊迪花和嘀瓦花，
这两种花开花时互相错开，
夜里嘀瓦花便凋谢，
而此时腊迪花开放。

白天腊迪花就凋谢，
而嘀瓦花便竞相开放，
它们是永不相见的花朵，
开放时间互相轮换。

当伽麻花开放的时候，
男女神仙们就开始交媾，
直到伽麻花凋谢才结束，
娶仙女的凡人要特别强壮。

当萨芒嘎花开放时，
男女神仙们便到法堂，
直到萨芒嘎花凋谢才返回，
这些都约定俗成习以为常。

当吉腊尼花开放时，
男女神仙们就聚集一起，
举行盛大娱乐活动，
直到吉腊尼花凋谢才结束。

当甘哈那花开放时,
男女神仙到仙池里去洗澡,
其实他们洗澡只是图好玩,
直到甘哈那花凋谢才结束。

黄色的阿如花开放后,
有七呙帝零八千九百万片花瓣,
这种花每年枯萎一片花瓣,
等老花瓣掉落后另一片才枯萎。

所有的花瓣全都枯萎完,
需要七呙帝零八千九百万年,
到阿如花的花瓣全都枯萎,
神仙们会感知发生变化。

此时神仙们的身上呀,
就会出现仙寿将尽的五种预兆,
他们就会像阿如花一样消失,
所以阿如花成了神仙的寿尽之花。

神仙们的仙寿都很长,
不像凡间俗人那么短,
人间生死轮回百万千万世,
也抵不上神仙们死一次。

因为有七种花的预兆,
也就有这七种习俗,
所以神仙要看花做事,
遵循花开花谢的规矩。

该聚会时就聚会,
该玩乐时就玩乐,
该交媾时就交媾,
有条不紊从不混乱。

他们天天要看花的颜色,
怕违反这七种习俗受惩罚,
使他们的仙寿缩短,
离开仙界受苦受难。

所以他们个个中规中矩，
小心谨慎从来不会违规，
就像凡人小心收藏金银，
不让别人知道藏处一样。

就因为这样的缘故呀，
当男女神仙们聚集法堂时，
众神之王帕雅因就会叮嘱，
他反复告诫众神仙：

"各位神仙呀，
大家应日夜把三宝①想，
日夜把五戒八戒守，
日夜修行毗钵舍那和四无量心。

"除此还有三十七菩提分法②，
神仙们都要牢记不忘，
日夜不断修行不要违犯，
让自己的仙寿能加倍延长。"

当然神仙也有凡人习惯，
他们也享受五欲爱好，
这五欲是色声香味触，
他们对此一样也不会少。

色欲就是欣赏各种美色，
而且神仙的色欲比凡人强，
声欲就是听各种仙乐，
他们也是百听不厌反复欣赏。

香欲就是闻种种仙香，
他们的嗅觉凡人比不上，
味欲就是品尝种种仙肴，
他们食量很大仿佛吃不饱。

---

①三宝：指佛宝、法宝、僧宝，佛、法、僧都是世间最重要的，故称三宝。②三十七菩提分法：有助于菩提证悟的修行法。

触欲就是触美色而交媾，
他们交媾一次要整晚，
如果凡女遇上神仙男，
会被折磨得很惨。

对神仙五欲说法也很矛盾，
佛祖世尊和独觉者就反感，
还有阿罗汉和他们的弟子，
也都指责上述五欲很荒唐。

他们认为这五欲并不好，
是产生一切烦恼的根源，
必须抛弃这些贪欲，
才能到达涅槃境界。

因此人世间的众生，
要想升天和涅槃幸福，
那就要持守五戒八戒，
皈依三宝并修行佛道。

修得毗钵舍那三十二相①，
还要修得三十七菩提分法，
才能最终达到悟道成佛，
到达涅槃境界的彼岸。

悟道成佛其实不简单，
必须觉悟四谛②之后，
才能成为真正的神仙，
像那些男神女仙一样。

如果不持守五戒和八戒，
不皈依三宝修行佛道，
不能使自己修行有长进，
失去护身死后将坠入地狱。

---

①三十二相：佛陀所具有的庄严德相。②四谛：指苦谛、集谛、灭谛和道谛，是南传佛教的基本教义。谛，意为真理。

或者死后变成魑魅魍魉，
变成饿鬼恶鬼或是畜生，
从此后不能再转世投胎，
想到都会令人毛骨悚然。

或者将转生为聋子瞎子，
即使变人也是相貌丑陋，
终身贫穷不堪受苦受累，
变成没有智慧的蠢人。

世间的众男众女信徒，
如果今世生得容貌美丽，
又能持守五戒和八戒，
皈依三宝定有好报。

佛祖世尊讲完这段故事，
讲完了神仙们的相关问题，
又开始进行归纳小结，
他语重心长地对比丘们说：

"众神之王帕雅因，
召集六层天的神仙，
在一块进行大聚会，
热热闹闹欢乐七天。

"那些男神女仙们，
挥动花环翩翩起舞，
袅袅婷婷，
婀娜多姿。

"神仙们的仙乐声昂扬顿挫，
他们的歌声悦耳动听，
令众神仙陶醉流连忘返，
声音传遍整个喜林苑。

"七天的大聚会结束之后，
快乐逍遥的神仙们才停歇，
他们纷纷离开喜林苑，
返回到各自居住的地方。"

听吧，
哥将根据古老的传说，
叙述威严的帕雅因，
他是众神之王非常风光。

他带着四位心爱妻子，
还有四千五百万个美女，
他骑着蔼罗筏拏神象，
回到宰然达王宫里。

帕雅因的三十位副手，
一千八百万位部将，
以及五十阿呵神仙，
都住在宽一万由旬的忉利天里。

在宰然达王宫外，
高耸着七十层神王宫殿，
其他神仙的宫殿也不低，
每座宫殿都有七层高。

宫殿每层宽七由旬，
宫殿每座高一庹，
宫殿镶嵌着金银珠宝，
富丽堂皇金光闪耀。

帕雅因的三十位副手，
他们的一千八百万位部将，
还有大大小小的神仙，
全都住在这些宫殿里。

七天的神仙大聚会结束后，
蔼罗筏拏神象就变回原形，
神象回到自己的天宫里去，
回归它原来的生活环境。

帕雅因也带着婻苏扎娜，
还有大王妃婻苏坦麻，
以及婻苏念达和婻苏及达，
愉悦地返回王宫殿堂。

四千五百万宫女一块随行,
队伍庞大前呼后拥很壮观,
帕雅因回到宰然达王宫后,
生活恢复正常。

佛祖世尊顺着佛经的思路,
给众比丘和释迦族讲故事,
讲完这段故事后进行小结,
他用简短的话语归纳说:

"众比丘和释迦族啊,
且说那众神之王帕雅因,
他召集神仙们大聚会,
度过了七天的美好时光。

"他们玩得热热闹闹,
玩得痛痛快快很开心,
然后带着妻子和随员,
回到仙宫宰然达。"

第二十九章

贪婪淫欲埋祸根
天后蒙羞搞报复

上一章讲到天堂盛会,
以帕雅因为首的众神仙,
在忉利天聚会了七天,
众神仙载歌载舞乐逍遥。

之后他们就带着各自随员,
回到各自的神宫宝殿,
帕雅因也带着天后回宫,
被美女簇拥着心情舒畅。

美女中有四位妻子和众宫女,
他生活得非常自在心花怒放,
妻子是婻苏扎娜和婻苏坦麻,
还有婻苏念达和婻苏及达。

听吧,美丽的姑娘,
阿哥继续为你们歌唱,
歌唱相传下来的故事,
歌唱帕雅因和帕板王。

有一天帕板王突发奇想,
莫名其妙产生一个欲望:
重返天宫去玩神仙女,
到忉利天和婻苏扎娜偷情。

帕板为何会产生这样的欲望,
是他自己一种美好梦想?
是他上次在天宫一见着迷?
是他无法忘怀单相思暗恋?

帕板捧麻典心里胡思乱想,
觉得没准有一段前世姻缘,
倘若有这样的姻缘,
何苦单相思苦了自己?

他于是开始想办法,
对天庭的活动细测算,
他要寻找个最好时机,
想办法接触心中恋人。

他知道每年的某一时间,
帕雅因必定搞一次大聚会,
在忉利天里搞神仙大联欢,
此时神仙们都玩得痛快忘情。

只要七天的大聚会结束,
帕雅因就会去和王后同房,
帕雅因的性欲很强,
几个妻子轮换同房。

他先同婻苏扎娜同房,
又去和婻苏坦麻交欢,
同大王妃玩两天之后,
又去和婻苏念达同房。

帕雅因同二王妃玩了两天,
再轮到同婻苏及达交欢,
两天后才到宫中的宝殿,
召集神仙们议事处理天宫事务。

婻苏坦麻的寝宫在南面,
婻苏及达的寝宫在东面,
婻苏念达的寝宫在西面,
婻苏扎娜的寝宫在北面。

帕雅因在诵经堂里讲经说法,
七天后才到宰然达城宫殿,
接受四千五百万神仙朝拜,
接受男神女仙的庆贺。

四位妻妾的寝宫有密锁,
入口都各有一百道门禁,
每道门都被紧紧锁着,
其他人无法进入。

帕雅因进妻子寝宫必念神咒,
不管哪个妻子寝宫都一样,
否则寝宫门就无法打开,
就只能站在门外干瞪眼。

不论要进媪苏扎娜的寝宫,
还是要进媪苏坦麻的寝宫,
不论要进媪苏念达的寝宫,
还是要进媪苏及达的寝宫。

规矩全都一模一样,
先要站在门外念诵神咒,
再对着门锁吹一口仙气,
那些锁就自动打开。

帕雅因这时才能进去,
才能同仙妻快活交欢,
里面的仙妻也才相信,
才会无条件接受做爱。

帕雅因的四位仙妻,
随从侍女也不少,
各有一千一百二十五万,
她们睡在仙妻的寝宫里。

帕雅因进仙妻寝宫殿里,
他先跟媪苏扎娜交欢,
但会影响其他侍女,
所有侍女都会有快感。

都觉得帕雅因同自己做爱,
而且只是抱着自己一人,
每个侍女都是这种感觉,
非常奇妙说也说不清。

帕雅因就是这样的神奇,
他和喃苏扎娜寻欢作乐,
其他侍女同样享受,
这种寻欢交媾要进行两天。

直到第三天他才换人,
去同喃苏坦麻寻欢,
与喃苏扎娜寻欢时一样,
大王妃的侍女也有同感。

到第四天帕雅因又换人,
先后和另外两个仙妻交欢,
此时她们的侍女也一样,
仿佛帕雅因同自己做爱。

帕板捧麻典经过细心观察,
把这些情况了解得很清楚,
于是帕板王暗自思量,
要想办法弄到神咒秘诀。

帕板王打算变成一只蟑螂,
到帕雅因仙宫神殿躲藏,
如果藏在门缝里,
就可以窃听到帕雅因念神咒。

帕雅因今天要去寝宫,
开始逐个与四位仙妻交欢,
应该马上动身去天宫,
去躲在仙后寝宫大门旁边。

在那里偷听开锁的神咒,
然后再去喃苏扎娜寝宫,
如法炮制念神咒,
开启她寝宫的仙锁。

帕板捧麻典这样一想,
顿时乐得手舞足蹈,
想到同仙后做爱的快活劲,
更是热血沸腾神魂颠倒。

话说回到王宫的帕雅因,
他见到伽麻花已经开放,
知道已到同妻妾欢乐时刻,
便向婻苏扎娜住的北宫走去。

帕雅因站在一百道门前,
口中念了七遍神咒,
吹一口仙气在门锁上,
这些动作都非常娴熟。

顷刻间奇迹就开始发生,
婻苏扎娜寝宫里起反应,
一百道门的仙锁都响动,
按顺序全部被打开。

婻苏扎娜知道天王会来,
她早已在等候情欲难耐,
当帕雅因走进寝宫之后,
立刻鸾凤颠倒倒在床上。

当他俩在尽情欢快之时,
她寝宫里的所有宫女哟,
一千一百二十五万人全有快感,
个个都感觉帕雅因同自己寻欢。

宫女们都在各自房间里,
全都光着身子一丝不挂,
都做着搂抱帕雅因动作,
一个个都有同样的快感。

想象着帕雅因和仙后在寻欢,
人间的帕板捧麻典神魂颠倒,
想到和婻苏扎娜前世有姻缘,
心中不禁无比气愤怒火中烧。

他立即回过神来穿上仙鞋,
帕板王纵身一跃飞上天空,
朝着忉利天方向急速奔去,
出现在婻苏坦麻寝宫门旁。

按照自己先前的设想，
帕板变成一只小蟑螂，
他躲在门旁的墙缝里，
耐心等待帕雅因到来。

帕板捧麻典来到了天界，
帕雅因和天神没能知道，
为什么此事会那么玄乎，
或许也是一种因果报应。

据说天王和天后也不干净，
他们两个前世留下了孽缘，
有了孽缘永远也无法去掉，
因果报应迟早总是要兑现。

经过两天寻欢作乐之后，
帕雅因便告别嫡苏扎娜，
向嫡苏坦麻寝宫走去，
继续去同大王妃寻欢。

他到了嫡苏坦麻寝宫门前，
站在门前念了七遍神咒，
接着向门锁吹了一口仙气，
开锁过程完成。

嫡苏坦麻寝宫里的仙锁，
发出响声全部开启，
帕雅因走进去，
同嫡苏坦麻一起寻欢。

帕雅因和嫡苏坦麻尽情作乐，
嫡苏坦麻寝宫里的宫女哟，
感觉都在与帕雅因交欢，
一个个都享受到快感。

帕板变成一只小蟑螂，
躲在墙缝里偷听神咒，
他掌握了开锁全过程，
对仙王神咒了然于胸。

他反身飞到嫡苏扎娜门前,
立刻念诵刚偷听到的神咒,
开启了一百道门的仙锁,
闪身进入嫡苏扎娜的寝宫。

他还玩弄起了变身术,
变成和帕雅因一样容貌,
一样的香味一样的走姿,
走进嫡苏扎娜的卧房。

余兴未消的天后嫡苏扎娜,
见到"帕雅因"回来心中乐开了花,
她马上扑到"帕雅因"怀里,
两人随即进入火热的交欢。

嫡苏扎娜得到了性欲满足,
依然没发现是假帕雅因,
她喘着粗气休息一会之后,
这才询问"帕雅因":

"奴的大王啊,
大王已来过一趟,
为何大王还来第二次,
真让奴受宠若惊。

"莫非大王呀,
忘记了仙界的习俗,
忘记了仙界的规矩,
为何要坏了习俗规矩呢?"

"帕雅因"躺在床上,
帕板并没有现出原形,
他早就有了思想准备,
边安慰边挑逗回答道:

"嫡苏扎娜呀,
阿哥的心肝宝贝,
阿哥确实来过,
但同阿妹余兴未消。

"今天阿哥更想念阿妹,
阿哥若是不再来呀,
阿哥的心就无法平静,
像要爆炸开裂一般。

"放心吧阿妹呀,
阿哥不会坏了天规,
阿妹不必有疑惑,
这个阿哥比你清楚。

"阿妹不要着急,
心情可以完全放宽,
阿妹就再给阿哥一次,
不要胡猜乱想。"

"帕雅因"竭尽所能挑逗,
燃起了婻苏扎娜的熊熊欲火,
她重新把"帕雅因"搂在怀里,
再次同假帕雅因寻欢做爱。

"帕雅因"同婻苏扎娜交欢,
两个人情意绵绵反复做爱,
婻苏扎娜兴奋得昏厥过去,
七天后才从甜蜜中醒过来。

神仙们的性欲呀,
比人间的性欲强,
强过上万倍十万倍,
天后才会昏厥七天。

帕板捧麻典和婻苏扎娜做爱,
婻苏扎娜的侍女们都不知道,
因为她们一个也没有感觉,
不像真的帕雅因那样会使她们有快感。

骗奸的帕板事后胆战心惊,
因害怕被天王帕雅因发现,
便急忙离开婻苏扎娜寝宫,
穿上仙鞋迅速离开忉利天。

高贵无比的嫡苏扎娜,
等到假帕雅因离开后,
才察觉被帕板骗奸,
帕板捧麻典已经逃走。

她恼羞成怒捶胸跺脚,
立即变成一只金翅鸟,
朝帕板逃跑方向飞去,
天后发誓要报仇雪恨!

金翅鸟见到帕板捧麻典,
便用长喙不停地啄帕板,
还用翅膀不停地拍打,
把帕板打得疼痛难忍。

金翅鸟并未就此罢休,
她继续不停啄打帕板,
帕板捧麻典只好往外跑,
金翅鸟在后面紧追不放。

金翅鸟把帕板追到月亮旁边,
此时帕板捧麻典才停下脚步,
帕板之所以跑到月亮那里,
完全是黔驴技穷无奈之举。

因为天后害怕月亮的众神,
害怕暴露自己被骗奸的事,
担心月亮的众神对她羞辱,
这事太过荒唐很不体面。

为此她放过了帕板捧麻典,
没再继续追打饶过他一命,
天后独自返回自己的寝宫,
此时的帕板已累得气喘吁吁。

美丽的月亮仙宫哟,
足有四十九由旬宽,
在这里的神仙很多,
共有九呙帝零八千五百七十万位。

他们正在演奏着乐器,
音乐声响亮悦耳,
他们的生活逍遥又安逸,
似乎天宫神仙还比不上。

狼狈不堪的帕板来到月亮上,
逃进了一座宽一由旬的城中央,
月亮神见到了帕板好生奇怪,
便轻声细语地询问帕板:

"年轻人呀,
你究竟从哪里来?
为何来到我们这里,
看你的神色很慌张。"

见月亮神询问,
帕板捧麻典答道:
"奴是人间的凡人,
家住在南赡部洲。

"因为到天上玩耍,
一下子迷失了方向,
冒昧来到了这里,
请神仙大人原谅。"

月亮神听后非常高兴,
把帕板捧麻典迎到宫殿,
端出仙食仙果送上去,
热情招待帕板捧麻典。

帕板捧麻典吃过食物,
月亮神们便带着他游玩,
去观看月亮上的风景,
欣赏月亮上的旖旎风光。

之后神仙又带他继续游玩,
围绕须弥山走了一圈,
玩完须弥山后又掉转头,

到西牛货洲①和北俱卢洲②。

　　　之后神仙又带他到东胜身洲③，
　　　最后才带着他转到南赡部洲，
　　　神仙把帕板捧麻典送回勐迦湿，
　　　帕板王因为避难反倒因祸得福。

　　　　帕板回到勐迦湿之后，
　　　　若无其事地安心休息，
　　　　他对天宫之行守口如瓶，
　　　　对任何人都从不提及。

　　　　回到寝宫的婻苏扎娜，
　　　　　心里头依然羞怒，
　　　　她带上五百贴身侍女，
　　　　来到阿耨达仙池④洗澡。

　　　　她尽情游泳戏水，
　　　　想冲洗掉身上污垢，
　　　　她用芋叶装满水，
　　　　愤怒地洒向人间。

　　　　那飘落的仙水啊，
　　　　立刻变成倾盆大雨，
　　　　集中落在勐迦湿，
　　　　如江河奔流不息。

　　　　　大雨下个不停，
　　　　从白天下到晚上，
　　　　　大雨愈下愈大，
　　　　从晚上下到天亮。

---

①西牛货洲：佛经所说四大洲之一，位于须弥山西方，因其地多牛，以牛为货易，故名为牛货。②北俱卢洲：佛经所说四大洲之一，在须弥山北方，人民平等安乐，寿足千年。③东胜身洲：佛经所说四大洲之一，在须弥山东方之咸海中。其身形胜，故名胜身。④阿耨达仙池：传说中七大仙池之一。

宽广的勐迦湿哟,
顷刻间汪洋一片,
很多民房被淹没,
树梢在水中摇摆。

洪水冲垮房屋,
淹没农田人畜,
淹死了不少百姓,
洪水中漂满尸体。

大雨接连下了七个多月,
自古以来这场雨时间最长,
大雨引发洪水淹没寨子,
洪水逼近王宫围墙。

帕板看到了大雨
心里头忐忑不安,
其实他心中有数,
有种不祥的预感。

后来洪水总算渐渐退去,
他不安的情绪还在高涨,
因为自己骗奸了天后,
激怒了天神才遭此下场。

想到是自己的作孽,
才使勐迦湿遭此灾难,
才引来如此大祸害,
才致使百姓们遭殃。

帕板捧麻典惊恐万分,
但他心里有苦难言,
他不敢告诉任何人,
因为这件事很不光彩。

他担心婻苏扎娜再次发怒,
担心婻苏扎娜又卷土重来,
他忧虑灾难会再次发生,
忧虑勐迦湿会彻底消亡。

他立刻颁布号令，
传来六万位帕雅，
问他们发生灾难的原因，
问他们灾难预示的征兆。

他请来一位著名占卜师，
让他占卜这场灾害的根源，
预测未来还有什么灾祸，
以便早做准备消灾避难。

这位占卜师叫捧马达罗西，
他的本领早已闻名四方，
他走进了宽阔的王宫，
环视在场的文武百官。

他翻开厚重的《摩古拉》经书，
进行精确卜卦和认真演算，
他经过占卜后突然感到吃惊，
他把结果禀报帕板捧麻典王：

"万民头上尊贵的大王啊，
看来灾难不可避免，
从现在起的二十年内，
东边有可能爆发大战。

"大战打起来之后，
可能会波及南方，
由此引发连锁反应，
而后出现国内混乱。

"由于大量的军队入侵，
百姓的生活非常悲惨，
有的可能会死于非命，
国家政权也会不稳当。

"大王您的大灾难，
也将在那时降临，
请大王早做准备，
一定要事前预防。"

占卜师的话危言耸听,
却犹如晴天霹雳当头一棒,
让帕板捧麻典惊恐万分,
令帕板捧麻典坐立不安。

帕板听到这种可怕消息,
心中一阵冰凉顿感不安,
他感到全身上下不舒服,
像吃饭拌进螺蛳片一样。

向来以胆大艺高著称的帕板,
一下变成胆小如鼠的小姑娘,
他已经失去昔日的威风,
不再留恋在天堂的寻欢。

再说气愤的婻苏扎娜,
见到勐迦湿一片汪洋,
心里总算解了一口气,
这才收回滂沱大雨。

她带着贴身的侍女,
又回到阿褥达仙池,
净完身后就回寝宫,
回寝宫后躺下休息。

婻苏扎娜受辱的事,
立刻传遍忉利天,
神仙们气愤万分,
都说要报仇雪恨。

他们立刻赶到天宫法堂,
那是帕雅因议事的地方,
商议严惩帕板捧麻典的事,
要让帕板捧麻典彻底灭亡!

神仙们议论纷纷,
神仙们摩拳擦掌,
大家七嘴八舌,
有的神仙提议道:

"狂妄的帕板捧麻典,
他本是人间的凡人,
公然跑到忉利天上,
在天庭为非作歹。

"他竟敢做这种大逆不道的事,
真的是丧心病狂,
我们呀应该去人间,
把帕板捧麻典除掉。"

威严的帕雅因冷静思考,
他的心胸非常宽广,
没有采纳众神的建议,
他认为事情不那么简单:

"各位天神啊,
帕板捧麻典来到天界,
冒充我做出这种事,
各位谁也没有看见。

"我想他之所以这样做,
这是前世的因果业报,
现在你们生他的气,
都主张要把他杀掉。

"这样做有些欠妥,
有悖我们天界规矩,
有悖五戒八戒教规,
会让我们坠入地狱。

"到那时我们会很后悔,
落得永世不得翻身下场,
我们是持守戒律的神仙,
杀生的事我们都不能做。

"你们应该消消气,
什么事都不要去想,
什么事都不要去做,
就当此事没发生一样。

"我自会想出计谋来对付,
既不杀生又能惩罚帕板,
既不犯规又能达到目的,
做到两全其美最理想。"

天王帕雅因那样说后,
众神才松了口气心里坦然,
天王送走了众神,
自己才起身返回宫殿。